Carlos Labbé

PIEZAS SECRETAS CONTRA EL MUNDO

EDITORIAL PERIFÉRICA

PRIMERA EDICIÓN: enero de 2014
DISEÑO DE COLECCIÓN: Julián Rodríguez
MAQUETACIÓN: Natalia Moreno

© Carlos Labbé, 2014
© de esta edición, Editorial Periférica, 2014
Apartado de Correos 293. Cáceres 10001
info@editorialperiferica.com
www.editorialperiferica.com

ISBN: 978-84-92865-84-0
DEPÓSITO LEGAL: CC-317-2013
IMPRESO EN ESPAÑA — PRINTED IN SPAIN

Para Mónica Ríos y los Labbé Jorquera

Un pájaro, un ratón, una rana y cinco flechas. Una cucaracha que sube por mi pierna.

En el capítulo cuarto de *Los nueve libros,* Heródoto de Halicarnaso cuenta que el antiguo pueblo de los escitas envía como obsequio a Darío —rey de los persas que se prepara para invadirlos— un pájaro, un ratón, una rana y cinco flechas con que le declaran la guerra o bien que firman con él la paz. Pero ni el majestuoso rey Darío ni su corte de sabios logran descifrar el mensaje, señala Heródoto, porque no son capaces de definir si las puntas metálicas de esas flechas apuntan contra ellos o a su favor; los persas no son capaces de entender si los escitas disponen su peculiar escritura de objetos en relación a sí mismos o en el lugar de los otros. Así pierden la guerra, porque desde ese momento —como señala Michel de Certeau— «los escitas desaparecen de los lugares sucesivos en que el ejército persa intenta capturarlos. No se encuentran donde se los busca. Nunca están allí». Y el mismo Heródoto, en ese libro fundador de lo que hoy llamamos la Historia, también dirige nuestra atención a las flechas para explicar el fracaso del rey Darío entre los escitas. No se vuelve a mencionar al pájaro, al ratón y a la rana; no se dice si éstos llegan vivos donde el rey Darío, recién muertos o disecados, si son ejemplares domésticos o salvajes. La precisión

de este relato se pierde porque Heródoto tampoco se detiene a explicar que antiguamente los pueblos se escriben a través de sus animales. O que los seres humanos en algún tiempo originario se comunican por su animalidad, ya que sus lenguas son antes que nada la respiración propia confundida con la espesura. O bien que el pájaro, el ratón y la rana están ahí para decirle al rey Darío que aunque traiga a los más importantes sabios de Mesopotamia, de Palestina, del Mediterráneo, de la India y de la China nunca va a terminar de entender: sus multitudinarios ejércitos arrasan esas tierras y sin embargo no encuentran siquiera la huella del pie de un escita. Para esos sabios la expresión de lo incomprensible es el croar, el chillido y el trino. Lo que entonces y ahora importa a los historiadores son las flechas. Nada más que las flechas.

La cucaracha es una flecha viva. No emite sonido alguno. La garrapata está silenciosa ahí, ahora mismo, en los intersticios de la alfombra, de la madera, de la cerámica en este cubículo donde escribo. Cómo saber que se calla en solitario o que se comunica con otras, que esto que me pica en la pierna es sólo la tela del pantalón. O un ácaro invisible.

Las páginas de esta carpeta que paso a comentar están plagadas de pájaros, ratones y ranas, también de perros, gatos, peces. El invertebrado se asoma a cada párrafo. Se me pide en este informe leer los papeles del investigador 1.323.326, revisarlos a conciencia, explorar sus textos para corroborar que se ajusta a reglamento la acusación en su contra de perpetrar el siniestro y su inmediata expulsión sin otra prueba que lo escrito en sus papeles. Ofrezco disculpas anticipadas a la Comisión por exponer aquí cada hebra del plumaje, cada pelo de esa cola larga, la humedad completa de los poros anfibios, el brillo, las astillas: se

me pide organizar los papeles que constituyen el proyecto del expulsado, y sólo puedo hacerlo en mis propias palabras, interrumpido por las provocaciones del entorno esta noche y, como Heródoto sugiere, buscando en mi propia escritura el sentido con que fueron dispuestas las flechas para desbaratar la invasión. Confío en que el Comité me exima de la labor del historiador.

Este desbaratamiento empieza con toneladas de barro, de tierra y mugre. Mejor es empezar a leer.

Densa descomposición apretada contra el vidrio de la pantalla del televisor mudo, apenas el viento chifla lejos en la superficie y remueve sólo un gránulo de tierra azul que cae morado hacia el centro y púrpura, gris, negro el resto que se desploma sobre nuestra mirada acá en el fondo. Todo es fondo porque estamos sepultados, no podemos siquiera mover los párpados por el peso de la enormidad del suelo embarrado con pasta arenosa sobre nosotros, y se cuela hacia un mínimo espacio del oído la mandíbula de insecto en busca de eso que antes es sangre, uña, hueso, médula, las raíces del bosque se adivinan apenas con el reflejo opaco del anillo de un gusano que se abre para empujar el sedimento. Nos dan ganas de dejar el mando de control para ir a buscar un chaleco, unos calcetines, alguna frazada porque incluso si es verano tenemos frío, tiritando nuestros dedos mueven la palanca sin querer y así, de repente, nos despertamos: un crujido apenas, la fricción atroz al interior de un cuerpo aplastado que empieza a moverse; dos, tres, cuatro golpes en la negrura se amortiguan, se trizan, se muelen, algo empieza a sonar por fin y entre los terrones que caen pestañeamos con un destello, apretamos los botones instintivamente para arañar murallas cada vez más rojizas con sus tallos, piedras, bulbos entre esas uñas tan largas que tenemos. Hasta que llegamos a una luz y todo es blanco.

Con un botón cerramos los ojos por primera vez.

Con un botón los abrimos.

Nuestros huesos, que vislumbramos bajo el barro que nos carcome, se yerguen. Poco a poco se van haciendo nítidos los contornos del bosque. El día es tan diferente: nos acordamos de que las cosas tienen una forma definida contra la luz, de que el aire trae resonancia, silencio, ruido, canto, separación, frescura, perspectiva, lejanía, profundidad, sombra; allá canta un pájaro, aquí hay árboles, bichos distantes, el viento frío sobre nuestra cara. Si no apretamos botón alguno permanecemos de pie, inertes contra el bosque que se hace menos borroso, pero si movemos el mando nos daremos cuenta de que la luz y el aire se desplazan con nosotros hacia arriba, adelante y atrás, a un costado y al otro y abajo; las cosas vienen o se van porque inesperadamente saltamos, nos asimos y nos desasimos, corremos de nuevo. Pero nunca escuchamos cómo se agita nuestra respiración, porque no estamos vivos.

Y se oye un alarido, allá lejos.

Los árboles del bosque son uno solo y pasan, multitud, hasta que vemos que se hacen más verdes. Después de correr en dirección opuesta aparecen secos, les faltan ramas, su corteza supura y crecen de lado. Queda sólo la amputación de un tronco. Cada uno es tan diferente del otro que ya no estamos en el bosque. Elegimos internarnos en la frondosidad o en la variación.

Desbaratar, como esa otra palabra, malbaratar, contiene uno de los sonidos más comunes en esta ciudad noruega: la barata está aquí, en el primer párrafo del guión de videojuego que encabeza la carpeta de 1.323.326. La barata, lo barato, todos buscan lo barato. No es posible distinguir todavía quién y por qué se habla de nosotros, quién es el indiferenciado que emer-

ge desde la humedad. Hay un movimiento constante y ciego en estas páginas, un tactismo que lleva al lector siempre hacia la superficie. Hago notar la relación etimológica que guía ahora mismo lo que estoy anotando: tactismo, táctica, tacto. Tectónica. La cuestión es encontrar esa táctica, el método con que, citando al propio 1.323.326, «la mandíbula del insecto [busca] eso que antes es sangre».

Las pantallas en nuestros días son bien de uso común. Por ejemplo, en los pasajes más pobres de las comunas periféricas de Santiago —hablo de lo visto por mis propios ojos— falta la verdura y el aire limpio, pero sobran los televisores, los videojuegos, los teléfonos celulares. Se apilan aparatos obsoletos bajo otros nuevos de pantalla plana, táctil, en los basurales llamados calles donde la gente no sabe que come huevos, pupas, larvas y capullos. Todo quiere ser táctil, no comprensible. Eso busca el indiferente que nos conduce por el guión de 1.323.326, las páginas que escribe antes de ser expulsado. En el momento de correr por los bosques del lugar que llama «Albur» se enfrenta a una disyuntiva que sin embargo no puedo definir simplemente como sensorial: oye y ve, pero no toca; se agita y se mueve, pero no está vivo, dice 1.323.326. Carece del gusto, del olfato de los llamados animales superiores. Se enfrenta a las cosas en su forma, por el contorno que su naturaleza táctil repele o atrae, y en su cantidad, porque reconoce igualdades y semejanzas como un recién nacido, como un espécimen rudimentario que apenas se vale de sí mismo. Ese deseo de ir hacia lo variante o hacia lo frondoso se expresa en la decisión suya de reptar a una u otra etapa: al lago, que el lector encuentra en la PRÓXIMA PÁGINA, o al río, adonde llega si pasa a la PÁGINA 49.

El viento se hace intenso en la cara, lo sabemos porque es más lento caminar así y también porque los árboles están inclinados, porque sus ramas se azotan y se mueven dirigiéndonos fuera de la frondosidad, expulsándonos de la vegetación hasta un suelo de arena que se extiende amplio hacia los bordes, al cielo, y el tacto en nuestro pie —la rugosidad en la palanca de mando— nos recuerda ciertos sonidos mudos en alguna parte del cuerpo: arena, agua, lago. Es la arena, que se va empapando a medida que nuestros pasos se hacen más lentos porque cada grano de la superficie nos quiere detener hasta que llegamos a la orilla, todo el lago revuelto porque un bicho de alas transparentes, aguijón y cuerpo diminuto, ha rozado apenas la vastedad de su superficie antes inmóvil.

Si giramos el control de mando aparece ante nosotros una banca de piedra hacia donde podemos dirigirnos, apretar un botón para sentarnos ahí a mirar cómo el agua refleja las nubes oscuras del cielo y se vuelve verde en las orillas lejanas, para perderse entre las masas empinadas de tierra verde. Un enorme revoltijo de fierro negro, una máquina retroexcavadora —pronuncia algo dentro de nosotros, como si alejáramos con un manotazo al mismo bicho— que ha sido carbonizada y abandonada en el otro extremo de la playa contrasta con las huellas casi

imperceptibles que hay en la arena: pisadas de un pájaro que seguimos cuando apretamos el botón para volver a levantarnos, finalmente nos sorprendemos al encontrar el zorzal —sin saberlo conocemos el nombre de su especie, de todas y cada una de las criaturas— que nos mira queriendo decir algo ahí, sobre uno de los primeros maderos también calcinados de un muelle, hasta que emprende el vuelo y nos lanza un trino mientras se aleja rumbo al otro extremo de la orilla, donde el suelo se levanta, se hunde, se hace nítido porque el lecho de un río trae su caudal al lago. Por primera vez oímos un sonido articulado, la voz vidriosa del zorzal: sígueme, sígueme. Aunque las huellas de sus patas llegan hasta el muelle, su vuelo remonta el río.

La táctica no es lo mismo que el método, eso quiero exponer en este informe: el recorrido que sigue 1.323.326 en la escritura de sus papeles hasta que llega a concluir que debe levantarse de su cubículo y buscar los fósforos en la sala de cocina. El más eficaz método para limpiar de huevos, larvas y pupas es el fuego. El agua, por el contrario, arrastra todo lo que se le pone por delante, por debajo y por los costados; se infiltra en las extremidades del indiviso que guía el videojuego y lava cada rincón que haya acumulado mugre, pero también deja, bajo la catástrofe a su paso, la humedad que permite el surgimiento de capullos nuevos. El día después de una lluvia, tras la noche de marea alta o después del maremoto, vienen a una bahía como la que aparece aquí descrita bandadas de pájaros que picotean el suelo en busca de su gusanería.

La táctica en el guión de este videojuego es provocar que el lector salte desde el aquí y el ahora a una etapa lejana, y así escapar del parásito que fija sus extremidades indistinguibles sobre las suyas para aprovechar

el calor: en el texto que propongo seguir leyendo en la PÁGINA SIGUIENTE las máquinas, los fierros, los palos y los troncos ya no pueden ser corroídos, y contra ellos se frota las patas un pájaro; ese mismo pájaro prefiere volar hasta la PÁGINA 49, si elige ir a los caudales de agua que corren infestados.

Madera chamuscada que sigue madera chamuscada que sigue madera chamuscada, eso vemos bajo nuestros pies al dirigir el mando hacia abajo, y el reflejo fugaz de nuestro cuerpo podrido en la superficie cristalina, entre el espacio que dejan los tablones sobre el agua. Llegamos a un bote también de carbón, amarrado con una cuerda a lo que queda de un poste, del cual cuelga un objeto de vidrio quebrado, oscurecido por el humo. Los restos de una ampolleta, sabemos.

Empiezan a formarse, lentamente, diferentes círculos sobre la superficie del lago: son gotas de la lluvia que está empezando a caer.

Y junto a la cuerda que afirma el bote hay ropa de mujer o de niña, arrugada y manchada por la madera: calzón, blusa, pantalones, sostenes quitados en desorden, dejados a la rápida en el muelle. Apretamos un botón porque no podemos evitar recoger esa ropa, vestirnos para no sentir o imaginar que sentimos frío cuando la humedad viene del cielo, rebota apenas en el hueso de nuestra cabeza con un sonido curiosamente blando. Nos quedamos quietos sobre el muelle, observando con detención la lluvia, ignorándola, absorbiéndola, o bien creemos que es posible escapar así de ella: apretando un botón que inmediatamente nos hace agacharnos, desamarrar la cuerda, dar dos pasos y un breve salto hasta el bote.

En este punto es posible observar que el videojuego de 1.323.326 se va haciendo más preciso en su forma y ya esconde, cruje, tizna en cada paso que invita a dar por sus etapas. La barata es negra; su oscuridad refleja la luz, así oculta otras capas más opacas de su hechura como el carbón que cubre el muelle por donde camina el innominado. Se extiende el agua negra, quizá, alrededor de quien lee esto, a pesar de que tiene por delante objetos abandonados al sol y que en los residuos que dejan estos invertebrados no puede haber humedad, seres en el límite de la inercia como son, movidos aparentemente sólo por el tactismo de encontrar un recoveco lejos del calor, conseguir una fibra de azúcar para su simple combustión interna, proveerse de un intersticio seguro donde poner los huevos. Tactismo, táctica, tacto. No se molestan en construir nada.

Y aquí quiero desempolvar el *Etymologicon Graecae Linguae Gudianum* que ocupa un perdido estante de mi cubículo, de donde proviene la palabra ática τέκτων, «tectón», que antaño los atenienses de a pie pronuncian para llamar a quien trabaja la madera y con ésta fabrica un muelle, por ejemplo. O una casa hecha de palos, o bien un montón de tablones que el tectón dispone y arma con el fin de acercarse al lago, con el fin de entrar en la superficie del agua sin tener que tocar su humedad infestada. Es otra táctica de estas páginas: asegurarse de ir cada vez más adentro en las etapas, en las membranas, pero sin exponerse a ser tocado por algún nombre o por la historia de eso que ahí sucede. Aquí el pájaro está ausente; la barata retrocede ante el carbón, que es su igual, «reflejo fugaz de nuestro cuerpo podrido en la superficie cristalina». Igualmente el glosario del recién citado compendio de Friedrich

Sturz señala que el tectón —ese primer griego que se plantea una idea de táctica— es quien la madera trabaja, nunca el fierro. La madera se somete, se modela y se apila con una dosis justa de agua; basta una mínima llama y se vuelve carbón donde nada vivo puede guarecerse. En cambio el fierro sí necesita del fuego para tomar forma. «Tectón», señala el *Etymologicon*, se le llama figurativamente a quienquiera que da origen a algo nuevo. Es el autor.

Y entonces es necesario llamar la atención en este informe sobre las ropas que el indiviso encuentra abandonadas. A diferencia de los tablones, del bote que espera a un extremo de este muelle, incluso de la ampolleta —debidamente quebrada para impedir toda posibilidad de luz, porque con ello escapa la cucaracha de aquí— la ropa no tiene hollín. Al tocarla, el indiferenciado siente que la humedad ahora es frío y que en su cabeza hay algo orgánico: un hueso. La ropa en cuestión es de mujer o de niña, dice 1.323.326, sin embargo cuando la describe halla ahí sostenes. Es una niña que es una mujer; por primera vez el informe protagonista del videojuego muestra atisbos de vida en su discurso. La barata retrocede, el polvo de hollín es arrastrado por el viento. En esta carpeta que me piden analizar se cuela un nombre propio: «Alma». Notablemente a partir de esta página un fragmento impreso en otra tinta aparece entre las etapas escritas por 1.323.326. La elección es internarse al lago del videojuego, en el bote que se aborda en la PÁGINA A CONTINUACIÓN, o leer un fragmento del diario de la desconocida Alma, en la PÁGINA 177.

Ponemos un pie en el suelo inestable, nuestro esqueleto duda tal como las tablas de madera calcinada se mantienen juntas apenas sobre el agua por efecto de unas cuantas tuercas oxidadas, polvorientas, estridentes. Nos sentamos, nos dejamos flotar, la palanca del mando de control se combina con otro botón y gira porque estos huesos se extienden como brazos y toman el extremo de esos palos cuya forma nos trae palabras —dos remos— que desaparecen en la superficie del lago. Estamos en el agua sin tocarla, confundidos por los círculos de las gotas de lluvia que caen y caen, no sabemos adónde ir hasta que un bicho pasa junto a nuestro hueso, volando hacia el centro del lago. Remamos según su recorrido, botón tras botón.

Estamos en el centro de una inmensa superficie de oscura agua erizada por las gotas, o por miles de peces que se asoman a mirar cómo cae la lluvia. Remamos rápidamente, le exigimos a nuestros dedos sobre el control de mando y logramos llegar hasta la otra orilla detrás del bicho: de repente se nos abre una bahía ahí donde antes hay sólo agua y más agua, una playa inesperada donde encalla lo que queda de nuestro bote. O bien sólo esperamos: los restos flotantes se disuelven con la lluvia a mitad del lago, empezamos a hundirnos, arrastrados por el forzoso peso del

carbón confundido con madera hinchada, fierro oxidado y los propios huesos sin posibilidad de movimiento.

Sin embargo, se nos ocurre realizar esa combinación de botones y palancas con que nos levantamos, damos un salto, irrumpimos en la profundidad del agua antes de que el bote desaparezca con nosotros.

A este nivel las palabras son remos con los que se hace posible impulsar un bote a través de un lago. No hay otro nombre que el del mismo juego, Albur, como quien dice que un invertebrado está vivo y sin embargo no es capaz de explicar dónde reside esa vida, en los mecanismos secos y crujientes de una cucaracha cuya complejidad física no es mayor a la de un reloj, en sus membranas que no son distintas la una sobre la otra a un libro cuyas delgadas hojas se protegen bajo la encuadernación, o en su capacidad de avanzar siempre en línea recta y sólo girar ante el obstáculo, como cualquier juguete a cuerda. Quien sólo dice «remo» no explica su movimiento, del mismo modo se lee aquí que el innominado sigue remando lago adentro, que imita el recorrido de «un bicho» —ni siquiera ya un insecto— y llega adonde no hay más que agua. En el capítulo último, décimo, de *La república*, Platón pone en boca de Sócrates una queja contra la capacidad que tienen las palabras de alejarnos del asco que uno puede sentir ante la mera imaginación de la garrapata que ahora mismo está adherida al pliegue de nuestra piel que no vemos, chupándonos la sangre. Quizá es el sentido de la vista lo que nos confronta con ese asco, con esa debilidad, con la extinción de quien ofrece sus poros sin querer; en cambio las palabras que describen minuciosamente el mecanismo de la boca de una barata rozando sucia un agujero apenas limpio que es toda la

piel de mi cuerpo no logran decir en el intervalo largo que dura esta frase el tiritón que ya pasa, que me seca los labios, que detiene los remos en el agua desconocida. La arcada enferma es, paradójicamente, una prueba de que estoy vivo. Platón, según los párrafos de esta traducción del inglés Griffith que desde hace días está esperándome en los anaqueles como una premonición de este comentario que debo realizar sin conocimiento del idioma técnico del videojuego, opone el tectón, la figura del carpintero que no sólo indica la madera sino que también sabe cómo dirigirla, oponerla, reunirla, cortarla y dejarla, a la del poeta, quien sólo puede formar muelles, botes, sillas, escritorios, cubículos a partir de palabras, imágenes del mundo aunque no su intersticio, su rincón, su profundidad, igual que el ateniense dice que uno observa «las caras de las personas que tienen juventud sin belleza», «como [mirándolas] cuando están envejeciendo». Igual que el indiviso no discrimina si la superficie donde incrusta su pata está viva o muerta, pues sólo le importa tener la forma adecuada para depositar ahí sus huevos, en el diálogo platónico Sócrates le dice a Glaucón que «el creador de imágenes, el poeta, no tiene conocimiento de lo que es, sino de lo que parece ser». En esta etapa del proyecto de 1.323.326 el innominado no guarda imagen alguna de sí mismo —tal vez identifica algunos huesos que traquetean como suyos—, exactamente como Platón indica alrededor de él que «las mismas cosas pueden verse quebradas o rectas para quien las mira primero dentro del agua y luego fuera de ella». Una etapa anterior nos muestra al indiferente ante su reflejo en el agua, que logra ver entre los espacios de los tablones carbonizados del muelle: su cuerpo —«nuestro cuerpo», anota— está podrido. En cambio ahora se

extiende la vastedad del lago, nunca la imagen precisa de quien ofrece una guía por este videojuego hasta el momento en que se levanta del lugar donde escribe estas líneas y decide quemar los cubículos de la biblioteca de la universidad; una masa de agua incomprensible, pero no una imagen peligrosa ni menos la declaración explícita de una amenaza. La decisión que es necesario tomar hacia adelante no se basa en las imágenes. Es sólo una táctica, un asunto de tacto, y se vincula a la revelación que el discípulo de Sócrates escoge para cerrar el diálogo que hoy encabeza las bibliotecas de ciencias políticas con el mito final de la reencarnación de las almas, y no con una preceptiva: el bote —construido por un tectón— que cruza las aguas del olvido se desarma con la lluvia. Una posibilidad es usar las palabras como remos hasta que sólo queda en el horizonte la vastedad del lago, nada más que agua, y para impedirlo entonces sí se abre de súbito la imagen —el panorama del descanso, de la infancia, del verano y el oleaje— de una playa, en la PÁGINA QUE SE LEE A CONTINUACIÓN. Otra alternativa surge cuando la superficie de lo incomprensible —estricto movimiento hacia adelante y en la oscuridad, en el pliegue de esta piel donde la barata anida—, espejo de agua, se quiebra con el bote, con la lluvia, con el propio peso, y el informe se hunde con quien escribe esto y esto lee hasta la PÁGINA 28, hasta el fondo del lago.

Llueve torrencialmente cuando apoyamos nuestros huesos inferiores como pies mojados en la playa negra. Movemos el mando de control para caminar a través de ese suelo que —ya no arena volcánica, como en la orilla opuesta del lago— es la brasa enfriada de una superficie inerte: montones de tierra de hoja, de musgo, de árboles quemados una y otra vez —lo sabemos porque el suelo cruje con nuestra pisada como un recuerdo de su crepitación— se desgarran al mínimo roce de estos huesos que tenemos y se desvanecen en ceniza. Entre la lluvia, el calcinamiento, las nubes cargadas y la hora sin sol de la tarde sobre el lago plateado sobresalen a poca distancia los restos de una fogata. Sobresalen para nosotros porque en la fogata hay todavía rastros de fuego. Y algo blanco.

Con la palanca del control hacia el suelo distinguimos que entre esos restos de leña gris tres huesos humanos —una tibia como la nuestra, una clavícula, una mandíbula inferior— están apilados sin quemarse, y cuando estiramos eso que parece un brazo aquí para tocarlos, se derrumban. El choque de huesos es un estruendo en la quietud de la playa calcinada.

Un ratón se escabulle entre las brasas y se posa sobre esto que nos sostiene —nuestro pie— y empieza a roer. En el momento que nos sacudimos con un corto golpe sobre la palanca, el ratón se escapa. Lo miramos, vemos que

llega a otro rincón y sigue buscando comida ahí donde huele a vivo, porque entre la grisura aparecen más huesos: dos, diez, veinte huesos bien limpiados por la voracidad de las ratas —ya no viscosos como nosotros— permanecen sembrados por todo el lugar. Vamos apretando botones para recoger esos huesos entre los nuestros, fijándolos entre sí como piezas que se ensamblan con un crujido, apenas se tocan una y otra, reconstruyendo así el cuerpo de alguien que se adosa a la punta de nuestras falanges izquierdas porque todavía no tiene cabeza.

Sólo nos falta el cráneo, la calavera, cuando terminamos de cruzar la playa y oímos de nuevo un chapoteo de nuestros huesos inferiores en agua. Al girar el control de mando entendemos que al frente de nosotros está de nuevo el bosque, a nuestra espalda sigue el río que entrevimos en la playa de la otra orilla, el río que empieza en la poza. Una entrada de lago donde estamos pisando ahora.

He aquí un montón de huesos que se apilan para que el lector los desarme a su paso. O bien con ellos puede construir un esqueleto al que luego añade nuevas membranas de fluidos, así no se parece al insecto; nervios y músculos, venas y arterias, piel y pelos. «Viscosos como nosotros» son los individuos que uno tiende a suponer cuando no está dada una imagen, aunque sí un rescoldo de ella. En este proyecto de 1.323.326 no hay acuerdo entre quien escribe y el lector, que así no está obligado a cumplir ciertas condiciones para obtener la satisfacción de una recompensa —una historia inmediata, un significado, cierta pista de su comportamiento—; a cambio, se disponen en la etapa los objetos inertes de manera tal que cada uno tiene que escoger primero su posición ética ante este mundo de videojuego en que debe moverse.

Quiero retomar la conversación entre Sócrates y Glaucón que el dialogista platónico inventa para dar un final a *La república*. Asumo que para el lector de la Comisión se proyecta ya, sobre la tibia, la clavícula, la mandíbula inferior y el resto óseo, el protagonista de los papeles de 1.323.326 como un cuerpo despojado de cualquier posibilidad de que el inferior se acerque a arrebatarle alguna fibra palpitante que no posee: ¿es necesario hacer algo con ese esqueleto que se ha adosado al brazo del incierto que recorre estas páginas cuando un jugador acciona el control y los botones de su máquina? «La calidad, la belleza y el grado de corrección de cualquier objeto manufacturado, cosa viviente o acto, ¿dependen por completo del uso que cada cual les dé, o para lo que fueron hechas naturalmente?», se pregunta el personaje Sócrates. Para la rata que en este nivel devora los últimos restos cárneos del hueso humano abandonado en una fogata, para el artrópodo que succiona la sangre que apenas uno siente como pérdida propia, todo existe para su uso nutritivo y su sobrevivencia. La fogata está ahí para calentar los huesos, o bien es un señuelo dispuesto de modo que el lector espera muy pronto ver alrededor un grupo de humanos que hablan, que se miran a los ojos y que exponen sus conflictos cotidianos, tan cálidos, tan importantes porque con sus voces se espanta la rata, la pulga, la barata y el gusano. Entonces «en toda esfera», según Platón, «se pueden ejercer estas tres habilidades: utilizar, hacer, imitar». Cada cual elige lo suyo cuando su mano toca esa clavícula y luego esa mandíbula. En *La república* la sabiduría se arma, se manipula, se reconstruye; en el videojuego de 1.323.326 el inánime imita al bicho, a la rata, al coleóptero. Me pregunto dónde queda este lugar, Albur, en que el mundo está en sus

huesos y los parásitos devoran el último residuo orgánico mientras el fuego se encarga de reducir el resto. La naturaleza en la Polis del diálogo filosófico está ahí para ser utilizada, para construir con ella muelles, sillas, cubículos y casas; ¿qué ocurre cuando en este proyecto del que informo los lugares y objetos han sido sobreutilizados y deshechos? No queda más que imitar un cuerpo humano al reunir los huesos, aunque esa decisión poética no puede emprenderse sin el cráneo que no aparece; no hay posibilidad de ejercer la poesía, tampoco cabe la cuestión epistemológica que William Shakespeare pone en boca de Hamlet ante la calavera de su padre, ni se hace posible la técnica moderna de fabricar un mundo nuevo a partir del carbón, que sólo se consume. No queda más que la táctica. «Sólo nos falta el cráneo», señala 1.323.326. Y la cucaracha sigue viviendo por varios días si le cortan la cabeza, se mueve siempre hacia adelante, hacia donde está el agua y el río que corre cuando decidimos ir a la PÁGINA 45. O bien al bosque de nuevo, aunque en este caso no es una etapa nueva hacia donde saltamos, sino a las páginas intercaladas del diario de una mujer que en su pesadilla de niña aparece enterrada de cuerpo entero en la PÁGINA 158. Sólo le dejan la cabeza al sol.

La viscosidad es turbia sólo al principio, porque nos ocupamos de mover con suficiente regularidad la palanca del control de mando. Así estos huesos que parecen brazos se agitan, estos que parecen piernas no se detienen y seguimos hundiéndonos lejos de esa lluvia que sacude con un rugido la superficie. La viscosidad de pronto se hace traslúcida, incluso brilla; creemos que sólo vemos y oímos el flujo de una inmensa masa de agua vieja cuando pasa frente a nosotros un pejerrey minúsculo, indiferente, luminoso. Cada uno de sus aleteos provoca un estruendo más penetrante que la lluvia ahora, en ese espacio cerrado y sin límites que es el fondo del lago, un golpe que vuelve en cada movimiento del pejerrey para que lo imitemos con tres botones.

Aprendemos a nadar con él.

De tanto observar al pejerrey de pronto se nos hacen nítidas algas, invertebrados, piedras, formaciones que no sabemos nombrar, y súbitamente aparece la inmensidad del ondulante paisaje sumergido con todo detalle. Aunque este esqueleto tiende a dejarse arrastrar por el peso de nuestra podredumbre, también podemos movernos con rapidez para subir un poco entre las cimas de los cerros de arena sumergida, como dunas traspuestas a los aleteos que obedecen a cada presión de nuestro dedo en el control:

cimas que son apenas polvo a la deriva cuando las tocamos, polvo, plancton, esporas que parecen granos hasta que nos miran y nos invitan a ser ellos cuando lo queremos.

El pejerrey se acerca a nosotros con movimientos ágiles, nos toca con el frío vivo de su lomo para alejar nuestra distracción como a una corriente cualquiera. Podemos dejarnos ir hasta el fondo, inertes, muertos como estamos. O bien atender al pejerrey y girar, siguiéndolo detrás de un cardumen de brillo plateado que intenta escapar de nuestra mirada.

El protagonista atraviesa los paisajes del videojuego como un vector, imposibilitado para descubrir una diferencia entre sí y el entorno. En el proyecto de 1.323.326 las páginas arrastran el ojo del lector a cada esquina, hacia el detalle de cada objeto, a la profundidad del escenario y con ello su mano es obligada a ejercer sólo una función indicativa. Aquí está la táctica del invertebrado que sigue caminando en línea recta, constante, y que con ello ignora las múltiples sutilezas de esa piel que justamente busca horadar en su impulso de conseguir un recodo orgánico, cálido, palpitante donde detenerse por fin a soltar los huevos. Esa es la disyuntiva que en esta etapa del videojuego envuelve con su agua fría al incierto: romper el flujo del tactismo, la corriente que arrastra las esporas, el polvo, los propios huesos, o perseguir el cuerpo autocontenido, vivo, del pez que se acerca. El tactismo aquí se detiene ante la incertidumbre, por primera vez en el proyecto, de escoger la palanca de mando o la pantalla como sentido del videojuego. El ojo no existe, sin embargo, en oposición al tacto. Durante la sumersión en un lago la totalidad del agua toca cada poro del cuerpo, mientras la mirada se limita a una densidad de luz

reducida. Se trata de invertir el sentido del tacto. En el idioma quechua la palabra «tacta» refiere a una piedra plana; en el tercer párrafo de esta etapa el inánime se enfrenta a «algas, invertebrados, piedras, formaciones que no sabemos nombrar», y el agua es un espejo del lector que esta noche se enfrenta al bicho que sube por su pierna, que no sabe si lo hace, qué tipo de bicho es y si existe siquiera más allá de los que sus reflejos epidérmicos quieren hacerle creer de tanto que se rasca. En uno de mis viajes de adolescencia aprendo esa palabra, «tacta», cuando decido intentar borronear con mis pies las fronteras de Chile en el norte, y aprendo que no existe un país, sino varias naciones confundidas en un territorio de nadie; en el pueblo andino de Huancarqui hallo una enorme roca plana, larga y horizontal, erosionada por el mismo viento que no se detiene desde hace milenios. «Tacta», la llaman los huancarquinos que —según recuerdo en las palabras de uno de ellos esa tarde luminosa— hasta hace sólo dos décadas la utilizaban como mesa de apoyo para sus matarifes. Ahí, en la altura, sobre la tacta sacrifican sus vacas, sus alpacas, sus corderos y sus llamas, que dejan desangrar en la suave y dura superficie bajo el sol quemante de la cordillera. La tacta es el lugar de apertura de la piel, de la sangre, los cartílagos y los huesos palpitantes al tacto frío del cuchillo, el tactismo y la táctica del proyecto de 1.323.326. Sobre estas páginas las extremidades del inconexo se acercan a una piedra que aparece enorme, larga, lisa y que sin embargo, al mínimo rozamiento, se revela duna disolviéndose en arena delgada, polvo imperceptible a la deriva. Y con la corriente del agua fría vuelve la alternativa entre descomponerse en los sedimentos y dejarse posar en el fondo del lago, en la PÁGINA SIGUIENTE de esta carpeta, o imponer la mano

a la vista, de modo que el lector decide seguir el orden de las flechas trazadas por 1.323.326 y se dirige a una nota manuscrita sobre el guión del videojuego, en la PÁGINA 131. O bien el reflejo de la luz en el lomo del pejerrey que encandila al innombrado lo hace perseguir cardúmenes hasta la PÁGINA 40.

Como nosotros, una incontable multitud innombrable y diminuta deja de apretar botones, de agitar palancas: caemos inertes a través del agua viscosa, nos oscurecemos y vamos posándonos lentamente, polvo que sumerge los huesos hasta que los milenios y la gravedad nos vuelven un cerro de sedimento.

Antes de derrumbarnos por completo en el limo, el agua nos trae, aumentada y pasajera, la visión de otros brazos, otras costillas, otras clavículas. Nos inquieta la presencia de algo igual a nosotros aunque no sabemos qué somos. Empujamos la palanca del mando contra la vibración que provoca el peso de toda el agua sobre nuestro cuerpo muerto, apretamos un botón y otro para ascender nadando nuevamente, para girar y ver lo que esconde el fondo del lago: los cuerpos.

Me permito algunas anotaciones sobre el carácter de 1.323.326. No se trata de un investigador recluido en los textos que analiza, no es un hombre de treinta y tres años, no posee nacionalidad chilena y no lucha por encontrar una hipótesis relevante desde la cual obtener un puesto en las oficinas de este lugar, digamos, la Universidad de Bergen, Noruega. No contradigo así las normas de encriptado referencial dadas por la Comisión para un informe como este: no es un estudiante

que lucha contra su materia en el intento de hacer entrar su discurso subjetivo en la extensa red bibliotecaria de programación, análisis y casos de videojuegos que se añade en una carpeta anexa a sus escritos; 1.323.326 se resiste a ser el escritor plural que le exigen integrar, no busca volverse eso a quien se le pide que en una noche realice un informe sobre otro 1.323.326, a quien se le pide que en una noche realice un informe sobre otro 1.323.326, a quien se le pide que en una noche realice un informe sobre otro 1.323.326, a quien se le pide que en una noche realice un informe sobre otro 1.323.326, a quien se le pide eso la noche que viene el informe, el inánime, el invertebrado, y se levanta de su cubículo a buscar fuego para quitarle a la multitud los innúmeros fragmentos de su piel, de su carne, de sus cartílagos, de sus huesos, y así no volverse uno más de una indiferenciada cadena de redacción, lectura, corrección de textos para videojuegos, táctica con que el lector mantiene ocupados sus ojos. Y sus manos, escribiendo, mueven al protagonista hacia adelante, olvidan así que «nos inquieta la presencia de algo igual a nosotros aunque no sabemos qué somos». Este lector tampoco puede estar seguro de que no va siendo igualmente leído por otro informante, de que no es un componente adicional de la masa que cae a través del agua y que se esparce por el aire sin otro propósito que entregar una posibilidad de ser ahí donde alguien más se decanta. De tal manera que es necesario pasar las hojas hasta la nota manuscrita que acompaña las etapas de este proyecto, en la PÁGINA 131, o seguir la disposición que en la carpeta nos guía hasta el diario íntimo de la adolescente Alma, en la PÁGINA 165, o bien asumir de nuevo la mirada de algo vivo que es capaz de enfrentarse, aun a la distancia, con los cuerpos que permanecen al fondo del lago, en el FRAGMENTO SIGUIENTE.

La distorsión del agua nos deja notar apenas que esos cuerpos no son esqueletos, sino masas de carne vestida, ojos abiertos, ojos cerrados, pelo largo y blanco, manos crispadas hacia adelante, uñas rotas de quien incluso en la inmovilidad intenta defenderse. La piel de ellos está cubierta por las algas barrosas que se confunden entre los restos de latón oxidado, plástico, basura, madera destruida por las corrientes y convertida en material blando como todo al fondo del lago. Las muelas en la mandíbula desencajada de uno de esos adolescentes —esta palabra nos resuena en algún hueso de la garganta, el mando vibra porque sentimos otra vez— reflejan una luz blanquísima que proviene del fondo. Es el eco de la osamenta: somos uno de ellos.

Nos movemos, giramos la palanca del mando porque empieza a atraernos la tranquilidad de esa roca redonda que brilla con una luz que —transparente— se hace tornasol, y opaca la ilimitada armonía que nos envuelve a medida que apretamos otro botón y nos acercamos hasta fundirnos con ella, brillante de nuevo cuando nos alejamos si no queremos dejar nuestro cuerpo descansando para siempre con los otros.

La resistencia a jugar con los sentidos más evidentes de estas páginas, a manipular los objetos que sólo se aparecen para ser tomados, y con ellos nadar hacia aguas más movedizas, tiene como consecuencia una identificación con quien escribe esto. 1.323.326 es una cifra como cualquier otra, que se individualiza porque incluye el nombre de una adolescente muerta —Alma—, del lugar donde muere —Albur—, y porque explica el objetivo de su táctica —el fuego— cuando esta noche decide encarnarse, dejar de anotar esto, ponerse de pie e ir a buscar los fósforos. O bien el invertebrado empieza a articularse con la visión de los protagonistas de otros proyectos que no llegan a ser comprendidos por quien los lee para la Comisión. Están vivos y a la vez muertos los protagonistas ahí, entre otros escombros que la actividad de estas oficinas lanza agua abajo cuando las páginas quedan archivadas a la espera de alguien, de algo, siquiera el fuego, que les da un fin. Se quedan ahí esperando ser mirados, queridos, sacados del agua, aireados, pero sólo los toca la barata, la pulga, la araña que recorre sus pliegues de modo imperceptible hasta que entierra en la corva de mi pierna su maxilar y lentamente construye el nido. En su *Quaestio*, Alejandro de Afrodisias opone el carpintero, el insecto —que con su recorrido constante y preciso logra cada vez su objetivo— al cirujano, quien a pesar de disponer de una educación y de una biblioteca amplia acá en este cubículo, así como de experiencias específicas que confirman su habilidad, no puede asegurar cada vez que abre la piel con su escalpelo que está teniendo éxito en desarraigar un cuerpo infestado. Durante la ejecución de esta lectura, igualmente, ocupa un lugar fundamental el azar; «somos uno de ellos», declara por

cierto 1.323.326, de manera que nuestra táctica, tacto y tactismo es la *estocástica*, como Alejandro de Afrodisias llama a aquella aceptación de que el significado de esto que escribo se completa no con los timbres de las Comisiones ni con la injerencia del próximo lector que informa de mi propio proyecto, sino con la circunstancia en que yo ya no estoy, con la pregunta sobre la fortuna que yace en el nombre de Albur. A propósito, la elección a que se somete el análisis de esta carpeta tiene que ver con la voluntad de dejarse asentar por el azar, por el agua, y leer de esa forma un reflejo de esto en la nota octava al guión del videojuego de la PÁGINA 119 o, por el contrario, resistirse a la táctica observante, patalear, exigir una meta y dirigirse hacia la luz que brilla en la PÁGINA SIGUIENTE de esta carpeta.

Cuando la luz resonante nos traspasa, una brillantez que no podemos mirar fijo incluye todos los sonidos de este mundo tan rápidamente que hay sólo una sombra, negra, la de nuestro cuerpo que termina de vaciarse en el silencio: luz hasta el fondo de nuestros huesos, en las manos que sueltan el mando. Nos llenamos de agua, olas, tormenta, agua densa como cultivo.

Una tronadura.

El silencio es ensordecedor.

Algo se nos infiltra, respiramos por primera vez y nuestros huesos se cubren de líquidos, de sangre, de órganos, de nervios, de tendones, de músculos, de piel, de pelos que se secan y se erizan. Volvemos a sentir calor o frío, queremos abrigo, buscamos un equilibrio, oímos el amanecer y despertamos encarnados. Nos encontramos al borde de un camino de luces, abrimos los ojos, sentimos el viento en la cara y recordamos todo: que somos iguales a este suelo, a esos árboles, al aire que entra por esta boca, a ti y a mí. Estamos vivos.

En este, uno de los niveles más avanzados del guión de su videojuego, 1.323.326 expone cómo el protagonista toma conciencia de que su propia falta de claridad sobre esta aventura suya no es error, confusión ni

extravío. El invertebrado, al momento que se detiene, consigue volverse una sola membrana multiforme en estado de completa apertura —por sus intersticios pasa el viento y la luz— a la vez que está totalmente cerrado en sí mismo, impenetrable, quieto, adherido en su opacidad a la sombra del rincón del cubículo donde espera. Es invertebrado el ojo que mira la pantalla y se encandila por la intensidad de esa luz; la ceguera traspasa su límite y hace aparecer el contorno vivo de las cosas: infinitas y eternas sutilezas que no se graban en la mirada —la mirada reemplaza a cada segundo, de modo inevitable, un reflejo por otro—, sino en el oído, capaz de integrar cualquier rumor, melodía, pulso propio, y aquello que excede el silencio del tímpano humano siempre palpitante, en una única materialidad abstracta, maciza, arrebatadora, experimentable sólo en forma de movimiento corporal, por medio de esa danza que es descrita como una «armonía de los elementos contrarios» ya en las páginas de los libros más arcaicos que no tienen nombre, según consigna Porfirio en su *Vida de Pitágoras*. El ejercicio debe involucrar una a una las instancias del cuerpo, desde el flujo del aire por la respiración hacia los órganos internos del protagonista hasta la quieta exterioridad que, en el videojuego, se expresa en piel, grasa, pelos más nuevas luminiscencias y brisas que rodean su figura en esta etapa. Un movimiento que no es movimiento es el que describe 1.323.326, una coreografía sin otro ensayo, táctica ni código que una suma de cada fragmento de este *corpus* en el ejercicio irracional cuyo resultado provoca que quien escribe, quien lee esto se deje llevar adonde sopla el viento, al lugar en que están los fósforos, una palmatoria, una vela, un brazo que cambia armónicamente de lugar y una pierna que se estira, pasa

a llevar la vela cuando la luz y el viento crecen, ensordecedores. En el quincuagésimo tercer sūtra —esa antigua forma india, tan idéntica como opuesta a la fragmentariedad literaria actual— de su *Vibhuti Pada*, Patanjali argumenta que «en la integración de cualquier momento al flujo continuo de momentos, [quien lee] accede a la experiencia exaltada, libre de las limitantes de tiempo y espacio». Hay otro hecho que debo también hacer presente a la Comisión: mi propio movimiento es cambiar el sujeto de la referencia anterior, pues se hace obvio que finalmente quien lee y escribe este guión con su deseo de pasar a una u otra página —según las alternativas que presentamos— es parte fundamental de la coreografía de 1.323.326, una persona más que añade páginas al informe y que, como está previsto, protagoniza el videojuego puesto en práctica por la misma Comisión, según manifiesto y ofrezco leer en la PÁGINA 61 o en LA 98.

El agua se vuelve carne, movediza y lustrosa la superficie de decenas de cuerpos plateados que nos rodean. Somos uno más en el cardumen de estos salmones y, a cada presión del botón que nos hace nadar, seis, dos, diez de ellos se ladean y avanzan rápidamente al evitar la brazada de estos huesos, preparando con sus ojos indescifrables el momento en que es necesario que aprieten sus branquias contra nosotros para quitarnos cualquier margen de movimiento. Pero ellos siguen aleteando al unísono.

Tan rápido como nos rodean nadamos y nos empujan, la plateadura de esos cuerpos se disuelve en cientos de peces a lo lejos. Aparece el vacío del agua nuevamente, aunque ahora sin alga ni otro paisaje que el burbujeo cada vez más ensordecedor, a medida que nos acercamos a ese brillo ahora rojizo que se presenta como el único límite del negro abismo.

Apretamos y apretamos los botones, el agua se ha vuelto tan oscura que es una trampa. Esa solidez por donde no podemos avanzar refleja borrosamente nuestros huesos encima del artificial brillo encarnado y recluido de enormes salmones sin ojos que se golpean contra esa misma pared de agua. Hay un grueso cristal en el fondo del lago, entendemos con un golpe en la palanca de mando. Y recorremos su superficie guiados por el aumento del

rugido de las burbujas hasta que, privados por completo de visibilidad, suponemos que llegamos al rincón donde la turbina arrastra el agua del lago hacia ese enorme acuario. No oponemos ninguna combinación de botones, sólo nos dejamos absorber.

El golpe de fierro macizo de la hélice casi nos arrebata el control de mando con su impacto. No hay daño en nuestros huesos petrificados, sin embargo. Sólo un instante de vacío en que algunos salmones ciegos escapan por casualidad y nosotros entramos en su prisión.

A este nivel de inmersión en el videojuego, es posible aventurar una hipótesis distinta sobre el destino de 1.323.326 y el acto incendiario cuya autoría se le imputa: alarmadas por las opciones ideológicas de su puesta en escena, las instancias superiores de esta universidad ejercen una presión indebida para que se les entregue el guión antes del plazo señalado; 1.323.326 no cede, se levanta de su cubículo, camina por los pasillos de estas oficinas, encuentra los fósforos junto al té, el café y el azúcar, prefiere incendiarlo todo a cambiar el emplazamiento de su videojuego. El porqué de esa maniobra desesperada y la naturaleza de la censura que se le quiere imponer se vinculan no sólo al hecho contingente de que su videojuego transcurra en la región austral chilena de Aysén, sino además a la grafía con que elige trascribirla en su proyecto: *Aysén* y no *Aisén*, como pretende imponer la Real Academia de la Lengua Española desde una cómoda e ignorante distancia colonial con quienes habitan tales tierras, que nada tienen que ver con las arbitrarias e inertes leyes del diptongo castellano. Aysén, desde el principio de su etimología, contiene una interjección compasiva por el pueblo aónik'enk que acuña esa palabra para delimitar sus horizontes

entre las epidemias de viruela, sarampión y gripe que terminan de extinguirlo en 1927, sólo décadas después de que españoles, chilenos y argentinos asesinen a quienes entre ellos se oponen a migrar forzosamente hacia Chiloé como esclavos reemplazantes de los masacrados vecinos chonos y kawéskar. Aysén, desde el primer documento que lo nombra en 1766, expresa en su sílaba inicial el dolor también ante la brasa, ante las vastas extensiones de lenga y coigüe que desde ese mismo año 1927 son pasadas a fuego para transformar los bosques en valles de pastoreo; es un incendio que dura treinta años, que consume tres cuartas partes de la superficie arbórea de la región y que, hasta hoy, deja troncos carbonizados por miles en los campos como testimonio omnipresente de la erosión de los suelos, de la ruina de un fondo marino, fluvial y lacustre que, incapaz de contener más el sedimento de la innumerable ceniza, se vuelve un desierto líquido; como la ley chilena de 1950 permite a cada habitante de la región deforestar mil hectáreas por cada uno de sus hijos, tres millones de hectáreas vegetales —quizá es posible dimensionarlo si digo treinta mil millones de metros cuadrados— son quemadas y, con eso, millones de millones de toneladas de dióxido de carbono se desplazan a la atmósfera; en reemplazo de la boscosa selva antigua se plantan especies de origen europeo y sólo crece la maleza. Aysén es además la expresión de un quejido por las empresas forestales que llegan desde Santiago y desde otros países en 1970 para iniciar la tala indiscriminada del alerce y toda especie que no es todavía alcanzada por la quemazón ni luego sepultada por la monumental cantidad de desechos de concreto, fierro oxidado, plástico imperecedero y basura industrial que provoca la construcción de la Carretera Austral

Augusto Pinochet entre 1976 y 1996; sobre todo por la instalación, desde 1991, de centenares de centros de crianza masiva del salmón atlántico en sus costas, ríos y lagos, porque cada uno de esos centros deposita en sus aguas una cantidad de deshechos equivalente a lo que produce al año un millón de personas en una ciudad, pero sin tratamiento químico alguno. Aysén es ese espacio sonoro de padecimiento donde 1.323.326 quiere situar a su niño, púber, adolescente videojugador: su invertebrado protagonista es ese caligus —más conocido como piojo de mar— cuya aparición desde 2004 en sus estanques y jaulas las empresas salmoneras chilenas oficialmente ignoran, porque es trasladado a las costas ayseninas por corporaciones noruegas con el objetivo de frenar la competencia, especular con el alza de precios derivada de una eventual catástrofe de la acuicultura chilena y la consiguiente escasez de pescados en la oferta alimentaria internacional, ya que el invertebrado hospeda dentro de sí a otro invertebrado, mínimo y letal: un virus —como la viruela, el sarampión y la gripe— que causa la Infectious Salmon Anemia (el virus ISA, por sus siglas en inglés). A partir del año 2004, cuatro millones de salmones mueren por el virus ISA en las jaulas y en los estanques de las costas de Aysén, Los Lagos y Magallanes, abandonados por las empresas piscicultoras locales, que se declaran en quiebra económica; cuando sobreviene ese penúltimo albur, el terremoto aysenino de 2007, siete mil de los salmones sobrevivientes se escapan en medio del colapso de las instalaciones. A través de ellos, el virus ISA se esparce irremediablemente por los ríos, lagos y mares de la región, mientras los salmones devoran la totalidad de la fauna autóctona para mantener el volumen de alimentación a que son sometidos

habitualmente durante las pasadas décadas de engorde industrial. El invertebrado protagonista del videojuego es un virus que parasita los salmones hasta su rápida muerte. Y lo primero que devora son los ojos de los peces, según señalan los estudios de infectología. El invertebrado viene a contemplar —aunque no ve nada— las consecuencias de su aprendizaje en esta cadena de eventos dolorosos como un enemigo letal, ese que apenas fructifica debe ser erradicado por medio de antibióticos y pesticidas y desinfectantes que a su paso barren cualquier forma viviente del paisaje alrededor: tal es el espectáculo que la Comisión quiere esconder, aquello que la obliga a incriminar a 1.323.326 del incendio y así interrumpir su denuncia creativa, inesperada —como la fuga de los salmones en Albur—, de que los intereses de la Universidad y la Corporación noruegas son los mismos: evitar la simbiosis, la mezcla, la amalgama cultural, prevalecer en el negocio de darle verosimilitud a la experiencia masiva de que el invertebrado y yo somos enemigos —y quien lee puede seguir ese razonamiento en la PÁGINA 53—, o bien poner en duda que el insecto y el virus son únicamente parásitos del ser humano en vez de considerarlos colaboradores, como en la PÁGINA SIGUIENTE.

La ceguera nuestra se confunde con las innumerables luces de los paneles que bordean el acuario, allá, que titilan, cambian de intensidad y se apagan en definitiva cuando activan algún nuevo proceso efervescente, zumbido o desagüe, cada vez que intentamos cambiar el rumbo: es la aglomeración, somos uno entre cientos de salmones rojos que siguen nadando en línea recta, que abren la boca, rugiéndole sin ruido a la remota superficie del cristal que los aprisiona. Avanzamos rápido en nuestro ataque ciego, están desesperados por filtrar de alguna manera el agua repleta de productos químicos, por escapar del rumor de las lucecitas y entender dónde está la salida que no existe; lo sentimos en la pesadez con que los huesos que llamamos piernas y brazos intentan avanzar a través de la carne roja, es difícil mover el control fuera del innumerable cardumen desesperado, sobre todo cuando de repente escuchamos la apertura de unas exclusas en la lejana superficie —arriba o abajo, no sabemos dónde está eso mientras el control nos urge a apretar los botones para no descomponernos por la fuerza de los peces— y a través del agua caen diminutas glebas parecidas al óxido como a la sangre seca, buscando las bocas de los salmones, sus branquias; recordamos esa expresión —sangre seca—

entre los sonidos agudos que nos hacen subir el control de mando para nadar y nadar y nadar hasta emerger de ahí.

Los cadáveres de los salmones pierden poco a poco el color rojo. Ya no boquean, empiezan a flotar más livianos antes de llenarse de agua y caer al fondo del acuario. Inclinamos la palanca para escapar del brillo de los paneles de luces sobre los centenares de cadáveres de salmones. Apartamos los cardúmenes inertes que nos obstaculizan el paso, alcanzamos finalmente el otro extremo del vidrio, su pared de agua sólida.

Hay una oscuridad distinta ahí. La sala al otro lado carece también de luz solar, de un horizonte y de un viento, pero la sola perspectiva de que ahí hay aire, esa liviandad nos hace ver sombras, movimientos, proporciones. Encontramos algo frente a nosotros, alguien de pie nos observa sin darnos a entender qué es lo que tiene adentro: huesos solamente, apenas unidos por cartilaginosos residuos, piernas que son dos restos, brazos incluso pálidos por el reflejo brillante de nuestro propio movimiento en el agua delante de su vidrio. Estamos al otro lado también, en una pieza que da a este acuario donde nadamos, mirándonos a nosotros mismos hasta que la misma visión es traspasada, nos traspasa, nos hace traspasarla.

Tocamos nuestros propios huesos —secos— en la penumbra de la pieza del acuario. Ensayamos un movimiento del control de mando para saber que ahora caminamos, corremos hacia la puerta abierta, buscando la salida de esos negros pasadizos subterráneos.

La propia figura del protagonista, el cuerpo de quien escribe, los miembros —no las partes— de 1.323.326 ocupan el momento actual de la lectura. Aunque el acuario oscuro al que se enfrenta quien lee invertebrado, indiviso, inánime pretende ofrecer una imagen, en

su lugar dispone una secuencia de palabras que construyen esta serie verbal en reemplazo de la visión. La ceguera escrita, voluntariamente pronunciada por este guión, declara que cualquier imagen del mundo —el sol que da en la nieve de una ciudad de Noruega, el escenario brillante del videojuego, el aire diáfano de una mañana en el sur de Chile luego de una noche de lluvias, el agua contaminada en los océanos, lagos, ríos, estanques y piscinas, la página con sus signos blancos que lee usted ahora— es una pantalla de vidrio opaco superpuesta al cristalino empañado del ojo, mediador de nervios cerebrales que no terminan de llegar a lugar alguno o bien vuelven al principio, emergen por la piel y entran de nuevo en contacto con el aire diáfano de la mañana, con el sol que da en la nieve; las luces del videojuego y cualquier otra especulación del mundo en el cristalino son manifestaciones de una ceguera ante la cual cabe enunciar la mezcolanza entre adentro y afuera, entre objeto y sujeto como lo hace Vicente Huidobro en *El espejo de agua*: «Mi espejo, corriente por las noches / se hace arroyo y se aleja de mi cuarto / Mi espejo, más profundo que el orbe / Donde todos los cisnes se ahogaron». La ceguera que 1.323.326 reconoce en su protagonista es la de quien se ve en ese espejo, encuentra «solamente huesos, apenas unidos por cartilaginosos residuos orgánicos» y luego se da cuenta de que ese espejo es una ventana, es una pantalla, es un muro y es un montón de palabras que forman una frase: el nombre de alguien que nunca aparece aquí, el espectáculo de la muerte en la mirada propia desde esos ojos ajenos que el lector puede seguir hacia el otro lado del acuario en la PÁGINA 61, o la repetición constante del movimiento de uno en la letra manuscrita ilegible de la PÁGINA 103, o bien el reverso

de ese espectáculo, cuando el aire se mantiene diáfano la mañana después de la lluvia en que se puede leer el diario de una adolescente muerta, en la PÁGINA 158.

El brillo del agua que corre —porque las nubes apenas permiten una luz que se refleja— no es suficiente para esconder el verdor de las plantas que empiezan a crecer entre las rocas lavadas de ceniza, de los carbones que caen desde el borde cuando entramos y se hacen refalosos para nuestros huesos tan blancos, tan hundidos que parecen piernas y avanzan hacia la otra orilla con apenas un golpe, el de nuestros pasos entre el ruido del torrente.

Bajamos la palanca del control para mirar con detención el musgo blando que atrapa la punta de nuestro hueso inferior y no nos deja avanzar. Entonces nos devuelven una mirada negra los ojos ausentes de la calavera que encontramos encajada, enmohecida, brillante y boca arriba entre dos piedras; en el momento que nos agachamos para recogerla ponemos esto que parece brazo como palanca y tiramos de la calavera a través del control con tanta fuerza que, cuando ésta se suelta, perdemos el equilibrio y caemos de espaldas. La corriente empieza a llevarnos, nos vemos obligados a dejar ir la calavera para afirmarnos —un movimiento rápido y dos botones— de una piedra, de alguna raíz, de la orilla. La calavera se queda flotando ante nuestros ojos y nos sigue, como riéndose —sin la mandíbula, que está rota o sumergida— de nuestras convulsiones. Desde una de las cuencas vacías

de sus ojos emerge un pez, un salmón plateado que libera el cráneo de su peso y permite que se pierda río abajo. El salmón se nos queda mirando: nada alrededor, nada hasta que súbitamente se impulsa para entrar por los intersticios que hay entre las viscosidades de nuestras costillas. Tenemos algo acá adentro, la palanca del mando vibra y está atascada, reacciona a ese cuerpo extraño que se atraviesa, que interviene, que nos usa como caparazón. El pez se hace dueño de nuestros movimientos, soltamos las articulaciones de estos huesos y permitimos a la corriente ruidosa arrastrarnos con violencia, revolvernos, tironearnos y azotarnos contra las piedras hasta que llegamos a un meandro de aguas tranquilas, densas y de colores roñosos.

En el silencio que vuelve con el alejamiento del río, al momento que nos erguimos involuntariamente y caminamos hacia la orilla, un aleteo viene desde atrás de la pantalla; la regurgitación que se vuelve el salto del pez plateado a través del orificio de nuestros huesos pélvicos de vuelta al agua del río. Y el pez se hunde sin mirar atrás al lugar donde nos deja, flotando entre los desechos tóxicos que de cuando en cuando expele un largo tubo, el mismo que usamos como guía hacia un enorme bloque de cemento en cuyo cartel de aluminio corroído —derrumbado sobre el basural— aún se lee, porque podemos hacerlo: Austral Salmon Inc., prohibida la entrada.

El protagonista del proyecto de 1.323.326 avanza indiscriminadamente por los escenarios vacíos del videojuego, sin embargo la mirada de quien lo controla con su lectura se detiene ante la insinuación de que la voluntad se impone a la inercia, una planta que apenas se asoma —pero su verdor es definitivo sobre la polvareda— entre los carbones de este guión; se trata de la duda que impone al ojo el tacto posible de una textura

que se delimita por sí misma y no por la mirada externa; la vida —desplegado su potencial para la mano de otro— entraña la paradoja de que el invertebrado en movimiento no tiene rumbo, no obstante cuando toca el cráneo que se esconde entre una vegetación nueva su recorrido no adquiere sentido alguno: sólo se detiene. El entorno arrebata al innominado, y la dificultad de aprovechar para sí un movimiento interior, imperceptible al ojo, espectral, se lleva todo tactismo con la corriente; «no te oiga de dormido el alma del hormiguero / ni la araña te repase», comenta el espectro que recorre los paisajes abandonados en *El poema de Chile*, de Gabriela Mistral. Y bien es posible aventurar en este informe que 1.323.326 prolonga el viaje del espectro de maternidad yerma del póstumo poemario mistraliano a todos los niveles del videojuego de Albur; en esta etapa el indiviso ve cómo se desencaja la táctica del tactismo, su reflejo de ir hacia adelante nada más termina de fragmentarlo y le da conciencia de sí como único entorno posible. Al momento de recuperar la cabeza, cuando el cráneo corona estos huesos que marchan, una voluntad ajena lo dirige; se arranca un cuerpo lejano del interior y, si hay resistencia de su parte —si hay extrañamiento, siguiendo a Mistral—, hay entonces un cuerpo propio que se resiste, un afuera y un adentro con memoria y con ausencia, un lugar que es ocupado, un tiempo que experimento, una identidad que se desentraña en una suma de nombres. «¡Qué bien entender tú el alma / y yo acordarme del cuerpo!», aplaude el espectro mistraliano que recorre los enormes escenarios naturales de un lejano territorio donde todavía quedan fantasmas de insectos, de pájaros, de peces, de huemules, de niños. Pero el fantasma no puede tocar las puertas de una ciudad; el extraño cuerpo —en el suyo,

el pez que abandona el agua es pescado— le da al inánime protagonista una noción de sí mismo, un vacío en ese interior que vertebra, que desintegra sin hacerlo desaparecer completamente porque el todo puede recomponerse y caminar con sus propios huesos sólo cuando llega adonde es tocado por el ser humano: lo lee en el lugar de los desechos tóxicos de la PÁGINA SIGUIENTE, y también puede ir a buscarlo entre las casas que se levantan sobre las líneas de la PÁGINA 71.

La vista de todo se hace quieta, inalterable, endurecida porque las cuatro paredes de cemento entre las cuales nos internamos detienen el viento y lo transforman en sólo un aullido ronco que se va alejando a nuestras espaldas, que se queda en la puerta como una advertencia que absorbe el repiqueteo de nuestros huesos sobre este suelo llano aunque no el eco que llega hasta el final del largo pasillo, el eco que es constante también porque mantenemos la presión en el control de mando para llegar al lugar de donde proviene esa luz de neón que —apenas— nos permite distinguir algunos signos en las paredes y sobre las puertas cerradas bajo llave que son variantes del cartel de la entrada: peligro, precaución, sólo autorizados, alta tensión, no entrar, personal de seguridad.

Alcanzamos el centro del pasillo. Es un punto equidistante tanto del viento que gime por la puerta a nuestras espaldas como de un punto impreciso —allá adelante— que está cerrado en una completa negrura. El sol entre las nubes, la corriente de aire húmedo de nuevo, la transparencia y la apertura del día vuelven a nuestros huesos desde un pasillo lateral, nos llaman igual como una puerta entreabierta que la ventilación sigue azotando: salimos al exterior de esa planta industrial o bajamos adonde nos llevan unas vacilantes escaleras.

El protagonista anónimo en esta etapa por primera vez abandona el descampado y se acerca a 1.323.326, a quien escribe esto; desde su rincón vegetativo, envuelto por humedades posibles y polvo de carbón, da un paso, ahora que no tiene movimientos reflejos, fuera del lugar de asedio. Como una radicalización del proceso de adquirir un cuerpo, el esqueleto que ya tiene interior ingresa en un edificio —la salmonera— para adquirir también un exterior; las paredes que novedosamente lo cercan son otro esqueleto más firme, ajeno e indiferente, uno que lo encierra y que permite al ojo volver a mirar los árboles, el río, el viento en el polvo de una organización distante, idealizada, intocable para la mano o la palanca que controla. Las paredes de un sitio de cemento como esta oficina y la salmonera de Albur son las mismas que, en una biblioteca, en un despacho, en la pieza o en la sala de espera de un hospital permiten que el espectro de *El poema de Chile* recorra con mirada nueva los paisajes del lugar de origen de la persona que escribe, porque las paredes no la dejan volver al día, porque acá es de noche siempre y se hace necesaria una luz eléctrica. «Y te mueres sin morir / de ti misma trascordada», siguen los versos de Mistral; el día al aire libre es la posibilidad de movimiento preciso, de mudanza a otro estado que evita fragmentarlo en piezas de una máquina mayor aún invertebrada, indiferente a nosotros. Dentro de esas piezas quien abre los ojos en la oscuridad nota la rugosidad de sus paredes y encuentra un misterio —la sobrevivencia a la vida, paradojalmente— que endurece sus propios músculos, los vuelve revestimiento, cáscara, los saca de un interior y los ostenta como exterioridad, protección incomprensible porque es indiferente al tacto,

impenetrable al ojo. Para quien no ve la transparencia del aire libre, para quien la naturaleza que vuelve a crecer apenas entre los bloques de cemento es un decorado del videojuego, el encierro como en una tumba sobreviene por la desidia ante las puertas que ahí existen. La oficina donde escribo este informe tiene salidas; la Comisión asume que durante la emergencia uno sabe cual de las treintaiséis puertas no reacciona a la tarjeta de identificación. Es sólo cuestión de detener la lectura, la escritura, levantarse, respirar hondo, caminar a conciencia hacia la cocina, buscar los fósforos, no el encendedor ni el mechero automático: esta carpeta con el proyecto de 1.323.326 no termina. Gabriela Mistral acuña el adjetivo «trascordada» para referirse a la persona que elige su propio encierro, paralizada porque su *cordis* está siendo constantemente abierto por miles de imágenes deseadas que nunca se terminan de formar por completo, y su propio nombre se desvanece en el momento que lo va a escribir. Esas caras, esos paisajes, el calor de la parte de adentro de una boca y de un dedo no vuelven, sin embargo, al núcleo de lo que está redactando como un recuerdo; sólo resuenan en las esquinas de los muros de donde no puede salir y en ningún lugar, igual que el eco, pues *cordis* —me permito torcer la Etimología, la Historia— no equivale en lengua latina a un castellano «corazón» sino a «cuerda»: cordura; lazo frágil que une las piezas sueltas, a punto de caerse, de una máquina desvencijada; imagen de una línea que sigue estrecha el camino del invertebrado en su juego, de vuelta a su exterior repuesto en los estanques de peces de la salmonera, como podemos leer en la PÁGINA SIGUIENTE, o más adentro de las paredes que llevan a los pasadizos del edificio, en la PÁGINA 58.

Esta etapa del videojuego tiene que quedarse así, sin comentario. Anulada. La mano, el ojo, la piel se resiste al espectáculo de un conjunto de salmones aglomerados entre las paredes y el agua podrida donde se intuyen entre sí, en su incapacidad de distanciarse de su padecimiento, como parte de una cadena transaccional devoradora de sus carnes, sus ojos, sus pieles, y que no puede detenerse en el proceso de inmovilizarlos para la engorda; cuando lo hace, presencia su propio espectáculo de humores turbios. Me guardo el juicio al negocio del videojuego, cuyo movimiento indiferente sigue también en su búsqueda de cerrazón al invertebrado: «¿adónde es que tú me llevas / que nunca arribas ni paras?». En Noruega y en Chile, frente a

la pantalla, el adolescente que mueve al innominado protagonista por las etapas vaciadas mastica su sándwich de salmón sin darse cuenta de qué o quién falta en su juego. *El poema de Chile*, de Gabriela Mistral, habla de ese estado de fantasma donde yo también exploro estas páginas, lejos de Bergen, de Albur y de Providencia. En mi cubículo. Puedo nada más describir como una ficción la pesada niebla, solamente el viento que sopla en esta etapa; «pero los tres alcanzamos / el apretado secreto / el blancor no conocido», agrega Mistral: entre los otros dos estás tú, que lees para la Comisión, y la adolescente Alma que, por el contrario, trata de llenar las páginas de su diario con esa neblina que nos guía hasta ella en la PÁGINA 177.

A cada movimiento nuestro que baja por la escalera vamos entrando en la oscuridad, se interpone como un bloque de aire denso a nuestra mano que guía la palanca de control, alejando el sonido de nuestros huesos en el momento que el último paso resuena en el suelo sin escalones y se aleja cuando avanzamos a través de este subterráneo enorme, quietos a veces contra espacios que se oponen al forcejeo de la palanca para indicar que hemos encontrado una pared, otra esquina, una angostura distinta, un amplio corredor donde ahora vamos más rápido si tenemos la paciencia de presionar y presionar, apretar uno u otro botón si la palanca se trastorna; caemos al suelo porque tropezamos con algo que tampoco se ve, nos levantamos.

Después de mucho perdernos corriendo, de retroceder, volver y entrar sin que salgamos, un brillo ínfimo irrumpe en la oscuridad para que no nos perdamos por completo. Viene desde algún extremo que no se deja ver, se acerca pero va aumentando ante nuestra mirada apenas porque es un insecto con alas y cuerpo diminuto, una luciérnaga o una palabra semejante que casi toca eso que corresponde a nuestra cara y entonces los pasadizos se iluminan: sabemos que hay un montón de chatarra electrónica desperdigada en el suelo de los pasadizos, circuitos, teclados, fierros, pantallas, tarjetas, intercomunicadores, cables y más

cables que ahora podemos esquivar. La luciérnaga vuela rápido para que la sigamos, se interna en una apertura, gira, sólo se pierde como un chispazo en la noche cuando entramos a la única sala que parece alumbrada, luego entendemos que esos destellos se cuelan desde el agua contenida por el vidrio al cubrir la totalidad de esas paredes.

El protagonista informe del videojuego de 1.323.326 entra en el subterráneo de la salmonera y deja atrás los espacios abiertos, los espacios vacíos, incluso el espacio de su propio interior. Es sólo caparazón, y se vuelve tan ajeno a los lugares como el lector de estas páginas que quiere mantener algunas marcas de etapas anteriores; irresoluto, va queriendo dejar partes de sí mismo en cada pieza que visita. Se despedaza a medida que va dando vueltas las hojas, está en completa oscuridad y en completa oscuridad descubre que, si nada visible queda a su paso, entonces no es necesaria la comprensión, el sentido, el relato de un movimiento en este proyecto, por el contrario: la suspensión, la observancia del instante, la paciencia que permite detenerse y formar parte, uno entero acá con lo que hace. La memoria de lo que somos, el lugar donde vamos a estar, la posibilidad que se abre con el desplazamiento del tactismo se pierden en la oscuridad cuando el lector cree que se hace uno con el invertebrado porque está siendo partido en pedazos con un nombre suyo que por fin halla en la opacidad; y me aterroriza saber que se llama *insecto*, participio pasivo del latín *insecare* —hacer un corte, una incisión—, o bien, en el idioma griego clásico de otro tiempo al que su movimiento constante recurre una y mil veces, *entomón* —entidad dividida en fragmentos—, aunque tampoco es esa la identificación del protagonista en estas páginas. Se trata de un

ser despedazado por otros, por las lecturas que necesitan relacionar cada pieza suya con alguna más de estas páginas, no obstante mantiene cierta cohesión mínima para no disolverse de modo conclusivo —sin sentido de la vista, carente de tacto salvo por la presión invariable— ante la aparición de otro insecto, radiante y contradictorio, de esa luciérnaga que lo toca y de súbito lo hace tomar consciencia de que tiene cara. El invertebrado, la luz, el movimiento constante y reflejo, llevan la fragmentación de esto que estoy anotando más la pluralidad de los miembros posibles de la Comisión, el sinfín de textos de diferente naturaleza, las máquinas desperdigadas por el suelo de esta oficina, yo en mi cubículo escribiendo, tú que lees esto: aparece un vidrio que no es transparente; un vidrio que separa un espacio de su contrario, que contiene y detiene un agua —no ceniza, cemento ni carbón— entre los muros que rodean y cubren la blandura del protagonista indolente. Contra esa barrera translúcida aparecen facciones, ojos, estos pómulos, la nariz, una boca que se abre, babosa que convierte el lugar de este videojuego en un enorme acuario durante la PÁGINA SIGUIENTE, o en un espejo donde nos vemos pasando las hojas hasta LA 126, nunca más una pantalla.

El enorme vidrio es azulino, morado si nos fijamos en la profundidad de sus rincones, púrpura a veces por los cuerpos de los salmones que aparecen para observarnos con lentitud, muriendo.

Inesperadamente, de entre los cardúmenes deformes se abre paso algo enorme, algo aumentado por el vidrio. Se queda flotando ese cuerpo frente a nosotros y nos mira: largos huesos apenas unidos por cartilaginosos residuos orgánicos se dejan caer, piernas que son sólo dos extensiones óseas petrificadas dan patadas, brazos incluso pálidos por el brillo del agua tocan la superficie cristalina y se mezclan con nuestro propio reflejo. Estamos al mismo tiempo dentro de la sombría agua de ese acuario mirándonos a nosotros mismos con desesperación por salir de ahí. Pero esa terrible vista no nos arrebata porque hay algo más, un brillo ajeno junto al vidrio, en el suelo, junto a nuestro hueso más inferior. Bajamos nuestra mirada, descubrimos que se trata del borde de la puerta de una escotilla y que podemos abrirla si ponemos las puntas de estos armazones que parecen brazos en las pequeñas argollas que sobresalen, apretamos un botón y movemos la palanca hacia el lado opuesto hasta que cruje. Una fosforescencia parpadeante nos sorprende cuando apartamos esa puerta, colores que no se detienen y que se proyectan

desde el foso que se abre hacia el techo de vidrio de esta sala, hasta el agua del acuario y más allá; la iridiscencia va cobrando intensidad a nuestro alrededor mientras descendemos por esos mangos adosados a la pared del foso.

O bien dudamos un rato largo ante la imagen de nosotros en el vidrio y entonces ésta nos traspasa como nosotros la traspasamos. El control de mando cobra otro peso ante nuestra mano, los movimientos fluyen con lentitud para avanzar y tocar el vidrio que separa este acuario de ese lugar vacío, seco, ventilado, en cuya superficie notamos la horizontalidad de estos huesos que intentan nadar hacia una salida, hacia el exterior.

La propia cara del protagonista, la cara de quien escribe, las facciones —no los fragmentos— de 1.323.326 ocupan el tiempo actual de la lectura, el único sentido pleno que me es dado en esta página. El acuario oscuro al que se enfrenta el inánime indiviso invertebrado ofrece una imagen de quien lee, una superficie que sólo está hecha de palabras y en la que se repiten y resuenan —espejo de agua— cada una de las representaciones verbales que el guión de este proyecto propone porfiadamente. Aunque está hecho de incisiones, si no está muerto el insecto regresa una y otra vez al lugar donde le es mejor poner sus huevos, y yo permanezco en este cubículo preguntándome para qué esperarlo, para qué seguir el movimiento ciego de este informe por todo el espacio de esta oficina. Me leo en estas páginas que escribo y en ellas aparecen decenas de disyuntivas más, posibilidades que quedan ocultas, eclipsadas por cada decisión que uno toma: me convierto en la voz de un experto que debe aclarar el porqué de un incendio en la Academia —y sin embargo esas llamas se consumen y vuelve la oscuridad al guión del videojuego—,

un profesor chileno que tras casi dos décadas al alero de una universidad nórdica olvida por completo su adolescencia en el descampado —y parece que esa cara ansiosa, tan viva, es simultáneamente la de quien hace el análisis contra el vidrio del acuario—, cuando deja de pensar en la posibilidad de la poesía mientras camina por las calles de Providencia, esa mañana que deja de escribir y lee con vergüenza —en su castellano ya indio que se recovequea, se deshuañanga y se va choreando con palabras serviles, dibujos equívocos, peticiones agresivas— la información de que el original de 1616 de *La nueva corónica y buen gobierno* del ayacuchano Felipe Guamán Poma de Ayala, el mismo que le propone al Rey de España una idea justa y sensata de gobierno compartido del Perú entre los remanentes de la administración incaica y los españoles recién llegados en busca de plata y oro, permanece todavía en la Biblioteca de Dinamarca, en la colección de la Corona; sin avisarle a nadie decide remediar el asunto por su cuenta, de manera heroica e imaginaria tiene que renunciar a la poesía y convertirse en un teórico de la literatura hipertextual, luego de las narrativas electrónicas, para así llegar a Copenhague a estudiar un doctorado en teorías de la IT en la reputada universidad de esa ciudad y, utilizando los permisos y protocolos académicos, penetrar en la sala de tesoros bibliográficos de la Casa Real Escandinava una tarde oscura, tomar el Códex de Waman Puma, suplantarlo por una casi idéntica copia facsimilar y llevárselo consigo; en ese momento el plan consiste en enfilar directamente al aeropuerto, ir al mesón y comprar un pasaje, ¿hacia dónde? Mientras pienso que escribo esto, que tengo que escribirlo y no ocuparme del informe, miro mi semblante en el vidrio de la puerta de la sala donde el grupo

teatral serrano Yuyachkani cuenta la historia de la carta-crónica de Waman Puma, cómo en casi quinientos años no llega a su destinatario, el Rey de España, y aquí en este salón de la Universidad Rutgers, Nueva Jersey, donde no logro discernir en qué lugar corresponde ahora que estén esos pliegos manuscritos —no en Copenhague, no en Lima, no en Madrid—, me doy cuenta de que antes de viajar a New Brunswick con mi esposa, que ahora estudia su doctorado en la universidad estatal de Nueva Jersey, por un par de años mi proyecto es semejante: aprovecho que hasta hace poco soy editor general de la sede chilena de una ambiciosa corporación de entretenimiento cataláno-española —digamos la editorial Planeta—, mi nombre es por ejemplo Carlos Labbé y estoy mirando mis facciones en la credencial que la organización del V Congreso de la Lengua Española, que se celebra esta vez en la ciudad de Valparaíso, me entrega para asistir a la gala donde el mismísimo Rey de España ofrece un discurso de apertura sobre la historia de las palabras que unen a España y Latinoamérica, esa sólida comunidad cultural y económica; la táctica, que afinamos durante todo el verano con la Mónica, a pesar de las dudas y desconfianzas de los pocos a quienes se lo hemos dicho, consiste en que entrado el discurso de Su Majestad yo me levanto y alzo suficientemente la voz para demandarle a él, Juan Carlos I de Borbón, en razón de su investidura, el ofrecimiento de disculpas aquí y ahora hacia todos los pueblos originarios de la América Hispana históricamente torturados, violados, despojados y asesinados en masa por la Corona, en nombre del Rey de España y de cada uno de sus antecesores. Pero el espejo es en realidad un vidrio opaco en el cual parecen nadar los cadáveres de los salmones que quedan

de la extinta piscicultura del sur de Chile, y cuando sus cuerpos agitan con sus pesos muertos el agua, la cara que creo ver ahí se desvanece, es imaginación y no reflejo: el adolescente poeta que planea rescatar el original de Waman Puma olvida su objetivo, de tanto pensar en el monto que le ofrece la beca de la Comunidad Europea comete un error en los papeles y termina cursando un posdoctorado en Filología Grecolatina por la Universidad de Bergen, Noruega; el ex editor infiltrado duerme a saltos la noche anterior a la jornada de la gala inaugural donde planea su acto reivindicatorio ante el Rey de España cuando de súbito el suelo se le viene encima, intenta correr hacia la puerta pero no hay manera de hacer pie en esa catástrofe, el terremoto que por enésima vez sacude a Chile y por el cual, por supuesto, se cancela el V Congreso de la Lengua Española con sede en Valparaíso. Una reflexión para este informe: la propia imagen en el cristal resulta ser sólo intuición de la profunda oscuridad que se abre al otro lado del acuario, en cuya superficie la mirada del protagonista del videojuego no logra desdoblarse, porque es necesario tomar una decisión sobre el proyecto: se da cuenta de que es otra la persona que observa su escenario y, él, personaje de unas notas ajenas que puede ir a leer a la PÁGINA 74, de tanto encontrarse a sí mismo sin vista ni tacto —sólo palabras en la clausura— traspasa el vidrio del acuario y se halla nadando en el lado opuesto que es posible leer en la PÁGINA 45, o baja por las escaleras que se esbozan definitivamente con la luz que proviene de una entrada hacia la PÁGINA SIGUIENTE.

Bajamos por la escalera de la pared con la vista fija en la multitud de colores que se proyecta sobre el concreto y aun así nos enceguece en el momento de volvernos hacia la fuente de ese enorme brillo: una sola luz por un instante y luego, desde la efímera negrura, emergen decenas, cientos, incontables pantallas situadas en una pared que está frente a nosotros, que recorremos subiendo la vista, nuestra vista que no alcanza a llegar al techo. Apoyamos la espalda en el muro contrario; entonces podemos ver todas las pantallas a la vez y cada una en particular, el mismo lugar dividido en muchísimos lugares distantes, acá: los pelos de nuestros brazos se erizan, debemos dejar de lado el control de mando cuando vemos en una pantalla, en la otra y en la siguiente —esa simultaneidad se vuelve una secuencia de palabras que antes ignoramos— los dos andenes vacíos de la estación de buses de un pueblo, la superficie del lago quieto, una playa recóndita, de nuevo el lago pero esta vez un canoso anciano seguido en el muelle por seis hombres rubicundos que se suben a un yate nacarado, el cuerpo sin vida de alguien que cae lentamente al légamo en el fondo del lago, una mujer muy joven de pelo azabache tecleando en una pantalla sucia y deteniéndose a mirar por la ventana la lluvia que cae, nuestros huesos iluminados por una pared de incontables pantallas, un pizarrón frente a cuatro pupitres de los cuales lentamente

66

empieza a emerger el fuego, la muchacha del pelo azabache durmiendo en su cama, ocho trabajadores alimentan-
do a los salmones en un enorme estanque a pleno sol, un
hombre con los ojos hinchados afeitándose de madrugada
en el baño, la del pelo azabache corriendo por los pasillos
oscuros de la mano con un tipo vestido completamente
de blanco, los seis hombres rubicundos observando con
mascarillas una superficie de peces muertos que flotan en
el agua del estanque iluminado de noche, uno de los hombres rubicundos llegando a un andén de la estación para
recibir desde un bus a otra mujer no tan joven de pelo
azabache aunque muy corto, el anciano encorvado termi-
nando de llenar un frasco de agua del estanque para meter
dentro el último salmón que apenas aletea, un niño pequeño sentándose en el escusado y cantando, la mujer de pelo azabache muy corto dejando de escribir este guión en
su viejo cuaderno e intentando abrir la puerta de su pieza sin éxito, un teléfono público en una calle rodeada de
edificios que no deja de sonar, un hombre de treinta y un
años intentando leer una torre de libros en el cubículo de
una biblioteca, los seis hombres rubicundos y el anciano
encorvado en el cubículo de un rascacielos moviendo la cabeza frente a una enorme pantalla donde aparece una cabaña de madera en medio del bosque, el hombre de la biblioteca interrumpido por una mujer que habla una lengua
nórdica cuando le entrega otro libro, la mujer de corto
pelo azabache saliendo por fin de su pieza en la residencial
del sur de Chile, el vacío bar de un lujoso hotel, el anciano
canoso sentándose en un sillón junto a un hombre que está
de espaldas y a dos ancianas que ven televisión, el vacío
confesionario de una iglesia de madera, la vacía sala de un
templo evangélico de madera, otra muchacha también de
pelo negro que entra sin ropa a una pieza en una cabaña,
una de las ancianas acostándose con los brazos abiertos y

la cara contra el suelo en la sala del templo evangélico, dos muchachos de pelo brillante echándole pestillo a la puerta de esa misma cabaña mientras la muchacha parece abrir la boca para gritar, los seis hombres rubicundos y el anciano canoso riéndose mientras brindan en el bar del hotel, la muchacha de pelo azabache pateando la puerta de la cabaña, los muchachos de pelo brillante comprando cuatro botellas de pisco en un almacén del pueblo, la chiquilla de pelo azabache frente al estanque de noche rociando todo con la bencina de su bidón, nuestros huesos iluminados por una pared de incontables pantallas dentro de una pantalla, la misma muchacha mostrándole un cuchillo a los dos del pelo brillante, el bosque se incendia, las casas del pueblo se incendian, las dos muchachas lamiéndose entre las sábanas, nuestros huesos iluminados por el brillo que emite una enorme pared de incontables pantallas dentro de una pantalla que está dentro de otra pantalla, la desesperación del anciano canoso sacudiendo el control de mando de un videojuego frente a un televisor en una pieza de hotel, el hombre completamente vestido de blanco y los del pelo brillante persiguiendo a la del pelo azabache entre los árboles con un cuchillo ensangrentado, la otra muchacha cayendo entre los árboles bajo la lluvia, uno de los hombres rubicundos sonriendo frente al televisor no puede soltar el control del videojuego, el estudiante lee un libro cuyo título es incomprensible, una muchacha de contornos pixelados escapa por un bosque mientras una mano le da puñaladas y en la esquina inferior de la pantalla va subiendo el puntaje, yo a mis treinta y un años escribiendo esta novela en la pantalla de mi computador portátil de un departamento en Algarrobo, nuestros huesos abriendo una tumba cuya lápida dice Alma, este libro que estás leyendo ahora mismo en la PÁGINA 68, el esqueleto cayendo arrodillado ante la tumba vacía y llevándose las

manos a la cabeza antes de desaparecer porque en la última imagen que alcanzamos a divisar nuestros huesos brillantes por el reflejo de las incontables pantallas dentro de una pantalla que está dentro de una pantalla que está dentro de una pantalla que está dentro de una pantalla empiezan a ser consumidos por el fuego. No alcanzamos a correr hacia la escalera, sólo nos queda mirar fijamente ahí donde queremos ir esperando ser traspasados.

En esta última etapa, 1.323.326 ofrece un vistazo a cada uno de los fragmentos anteriores mientras, simultáneamente, excede la capacidad de ver, oír, experimentar la paradoja de leerse en todas las secciones de este guión para saber que el mundo de su escenario debe ampliarse a los otros papeles de esta carpeta, al informe que escribo, al libro donde lee esta línea ahora, a la reflexión que le hace levantarse, dejar el libro, ir hacia el cajón de los fósforos, encender el fuego. Otra hipótesis que debo plantear aquí es que el guión de 1.323.326 es sólo una parte del videojuego de Albur, integrado también por las notas de la mujer que escribe encerrada en una pensión del pueblo austral, por el diario de muerte de la adolescente Alma y por este informe. La Comisión me utiliza para terminar la escritura de su panóptico sobre Albur, y sólo puedo hacer esta denuncia ante la Comisión: no es posible aquí «ver una forma plena de significado en las ilimitadas posibilidades del mundo, situadas en un lugar y tiempo específicos aunque divididas en cientos de miles», como indica y lo hace el anónimo autor del decimotercer sūtra de la undécima parte del *Bhagavadgītā*, sino solamente reducir esa ubicuidad a un objeto portátil, cosa, aparato en el cual quienquiera puede abarcar una totalidad con sólo leer en su superficie; es el uso equívoco que lleva

al protagonista de «El Aleph» de Jorge Luis Borges a decidir que la casa del ser amado en cuyo sótano existe «uno de los puntos del espacio que contiene todos los puntos» debe ser demolida: la Comisión quiere usar esa máquina inenarrable para un producto que, al momento de poner yo la palabra conclusiva en este informe, se cierra sobre sí mismo, convertido en un videojuego dependiente del crédito de quien lo compra, de un control de mando, de los circuitos impresos, de una pantalla, de la energía eléctrica, de una superficie táctil que la pone en marcha y pierde este movimiento incesante, luminoso, en definitiva vivo. El invertebrado, el insecto, el virus, este yo mismo sin nombre que no deja de hablarle a su Compañía, se queda ahí, oculto y quieto, si yo continúo escribiendo. Si me detengo, decide salir de su escondite para revelarse en su multiplicidad: son decenas, cientos, miles de baratas que me entran bajo la piel, y por el oído, la nariz, el hueco del ojo, el hoyo y el pico y el ombligo y la vagina y los cartílagos y la médula de cada adolescente asesinado en el relato que aquí atribuyo al guardia de la estación de buses de Albur —o quizá es cuento viejo, un poema en prosa que conservo desde mi época de estudiante de literatura— y que invito a leer en la PÁGINA 187; entramos todos por un estrecho fragmento del diario de muerte de Alma, cuyas páginas finales presento con pudor para su lectura desde la PÁGINA 217, o aun en la ínfima descripción de quienes sobreviven en esa lejana pensión donde una mujer se esconde de Albur, que ofrezco en la PÁGINA 140 o simplemente por la boca que mantengo cerrada para no negarme a agarrar esos fósforos, como bien explico en la PÁGINA 7.

Hay un blanco que sobre nosotros está difuminando el
borde de eso que llamamos brazo porque se levanta cada
vez que apretamos el botón para tocar la superficie difu-
sa de cualquier árbol que no nos deja andar más. Hay un
enorme peso intocable en nuestro cuerpo muerto que ya
no nos permite saber si ahora el bosque está desarraigado por completo o si sólo es la espesa neblina que nos
guía por sí misma hasta que se levanta y nos expone una
horizontalidad que no puede ser completa: apenas movemos la palanca acá se alzan construcciones que recordamos como casas, autos, postes, carteles que se desvanecen
porque allá la ruta se hace cemento, se aleja del pueblo.

La táctica de avance en un videojuego no está dada por
el tacto de la mano aferrada al control de mando, frente
a la pantalla, sino por las articulaciones que en las páginas de su guión establecen los límites para el movimiento de quien juega. En el caso de esta etapa, el
asun-to es definir la escala en que tal protagonista percibe sus propias dimensiones: esa enormidad blanca
que oculta toda mirada y sólo le permite orientarse por
medio de tactismos son efluvios de bosques húmedos
que acaparan el sol entre sus copas y sumen la superficie de allá abajo en la bruma, o bien se trata de una

mano enorme, pálida, que presiona sobre un caparazón opaca; es este dedo mío que se acerca al invertebrado, indeciso entre empujar con más fuerza hasta lograr el crujido y el desbaratamiento —asco, terror, fascinación atávica del niño ante el insecto que se queda quieto, su crueldad viva, la misma curiosidad con que el adulto, ahora y entonces, lo observa jugar como quien lee estas hojas para saber más de su autor—, o quizá tocar la superficie de su esqueleto sólo a la espera de una reacción ante el calor de mi piel. El invertebrado corre hacia un rincón inalcanzable, donde se esconde y espera el momento para salir a depositar sus huevos en esa carne tibia que le parece inconmensurable. Sus proporciones, si el videojuego lo percibe a ras de suelo, motivan la compasión ante sus patas, sus ojos, sus pelos, su boca tan semejantes a las mías; se limpia el borde de la cara, busca comida al final de la jornada, sus antenas quieren alcanzar el contacto de otro, y, después que recorre dificultosamente la arena en su recorrido, lo único que encuentra de vuelta son los signos que sus propios pasos dibujan ahí, para la interpretación de su camino. Basta una elevación, un alzamiento, un cambio de perspectiva y la mirada no percibe ya que los tallos del pasto son un bosque, que los terrones son montañas, algún pedazo plástico una casa, un mínimo metal el poste, la fibra de papel ahí tirada un cartel a la entrada de algún pueblo lejano; nuestra altura humana —la capacidad de tomar distancia de las cosas antes de manipularlas— vuelve guión de otro cualquier posibilidad de compasión ante eso que es ínfimo, imaginario, descomunal, completamente ajeno a nuestras articulaciones. Ante la mano asqueada, el ojo se nubla. Y de entre esa neblina sólo puede emerger un lugar abierto, desocupado, sobre el cual invito a seguir

leyendo en la PÁGINA 17, y también se desprende una presencia que pide ansiosamente encontrar alguna forma humana en la cual reconocerse —como quien lee estas páginas buscando explicaciones— en una nota a este guión de videojuego que convido a leer en la PÁGINA SIGUIENTE.

Obviamente nadie contestaría en los teléfonos noruegos. Para eso esta mano habría depositado doce veces la misma moneda en el único teléfono público del pueblo, para no escribirte la promesa de que algún día iría a refregarte estas palabras sobre tu cara, después de molerte las canillas a patadas con las piernas que tuviera, de apretar los dientes de acá en el cuero cabelludo y la nuca tuyos, de enterrar estos codos en esa espalda, de arañarte con uñas mías los brazos y con los dedos torcerte las coyunturas de la mano, desgraciado, dónde te habrías ido para no responder qué te pasaría, por favor que no fuera nada grave, que estos meses hubieran sido un malentendido tonto, una sucesión de frases apenas legibles en cierta página a la que llegarías por casualidad, sentado, aburrido en la tarde de lluvia frente al computador, y te reirías conmigo de que las series de frases siempre provocaran un efecto de cotidiana esperanza, ese pianista perdido en la campiña galesa según los noticiarios podría ser un concertista polaco al que una mañana, exaltado en su ejecución de un impromptu, le habría faltado el equilibrio ante el piano y en la caída se habría golpeado con el borde de las blancas en la cabeza, perdiendo así la facultad de hablar y recuperándola sólo dos años después en una clínica psiquiátrica de Londres; se rascaría la frente con extrañeza, pediría

un teléfono y llamaría con toda naturalidad a su mujer en Varsovia para que lo recogiera pronto. En cambio si yo te buscara, infeliz, adónde tendría que dirigirme.

Habría que ir a esperar que llegaras en avión a Coyhaique, que arrendaras un auto o te subieras al bus, que preguntaras por la casa de doña Soledad —sí, la dueña de la pensión se llamaría doña Soledad—, que tocaras la puerta de esta pieza. Lo único que sabría es que acá en Albur estaría oscureciendo muy temprano, aunque esa sería una manera de decir porque estarían ahí las nubes negras cada momento, bajas, llenas de agua. Como si fueran siempre las seis de la tarde del invierno santiaguino, como si se hubiera perpetuado en la ventana de esta pieza la luz de cuando partiste hacia el aeropuerto, con ese pronóstico de lluvia que habría podido —que así fuera— suspender tu vuelo.

Imagínate, habrías dicho. La tranquilidad de Aysén se parecería de alguna manera al suroeste de Noruega, algún fin de semana te irías a la casa de esos tíos armadores que tendrías para que tú y este cuerpo pudieran quedar ubicados en las antípodas, exactamente en los puntos opuestos de los hemisferios occidental y oriental, norte y sur del planeta, nos podríamos tocar una vez porque estaríamos lejos, me responderías en esa retórica rimbombante tuya, lo único que te quedaría de esa manera de escribir poemas que alguna vez habrías cultivado. Que te imaginara allá sobre los pastos, sobre el cemento, caminando: tus pisadas en Bergen repercutirían en el subsuelo, en la primera veta geológica que empezaría a descongelarse con la llegada del verano boreal, en una veta y en la otra inferior hasta llegar a la masa incandescente del centro de la Tierra, desde donde resonarían hacia los estratos opuestos, cada vez más húmedos y claros rumbo a las placas subandinas, la superficie chilena, la planta de mis pies. Y estos dedos,

en vez de bajar los calcetines gruesos que cubrieran los pies míos cuando al borde de la página hubieran calculado que tú saldrías de la ducha y caminarías hacia tu cama, estarían ahora intentando escribir el guión del videojuego en este escritorio.

Tú entrarías a la pieza acá en Albur y me verías anotando frases en un cuaderno, concentrada. Te reirías: en un cuaderno. Sería cierto acaso que todo estaría al revés desde que te fuiste; si dos personas se ubicaran en las antípodas necesariamente una de ellas estaría boca abajo. Como no llegarías a Albur, como no habrías llegado a Coyhaique, no tomarías el bus ni caminarías acá hasta donde doña Soledad para entrar de improviso, yo me levantaría otra vez de este escritorio y vería a través de la ventana la lluvia cayendo sobre los árboles harto mojados ya. Tendría que darme ánimos para salir de esta pieza, convencerme de que sería necesario ir al café internet del pueblo a revisar si por lo menos me habrías escrito un mensaje. Y estas manos sin embargo no se moverían para contestarte, no escribirían que alguien me habría robado el computador en el aeropuerto, no anotarían lamentaciones sobre la pérdida de esos documentos que describieran cada personaje del videojuego, las imágenes digitalizadas de paisajes boscosos, el organigrama de los niveles y sus escenarios, el casi centenar de fotos donde tú y yo nos acercaríamos contra un horizonte de árboles allá al fondo, de árboles que se habrían perdido sin remedio. Estos dedos evitarían mencionar, maldito seas, que en cuanto te hubieras ido a estudiar a Bergen nunca más me habrías llamado, que tus amigos y tus familiares me habrían respondido que tampoco sabían de ti.

Llegaría sola a Coyhaique, a las once de la mañana de un día como hoy. Estaría diluviando y, a pesar de la lluvia y el llanto —o quizá por eso—, me daría tanta sed que com-

praría un botellón de agua mineral en el aeropuerto. Habría comprado también un paraguas para no mojarme, mientras los demás pasajeros se habrían empapado camino al bus de Albur y sus alrededores. Incluso comprobaría contra un vidrio que esta boca habría sonreído si hubiera visto que todos corrieran histéricamente para evitar el diluvio, que las viejas taparan las cabezas de sus niños chicos con bolsas de supermercado, que el tipo ese que se hiciera el serio en el avión —leyendo tan concentrado su libro— se habría puesto a dar alaridos y usara esas páginas como sombrero. Este cuerpo, en cambio, entraría seco y acurrucado al bus, el brazo acá se estiraría para dejar el paraguas con delicadeza en el pasillo, estilando, el asiento se reclinaría y el paisaje difuso que pasara por la ventanilla me haría sentir a salvo de la lluvia, abriendo la mano el botellón de agua mineral que habría comprado.Entonces —qué torpe— esos dedos girarían demasiado rápido, con desmedida presión sobre la tapa de la botella, y el agua mineral saldría a chorro sobre los pantalones y el abrigo seco; alguien a mis espaldas soltaría una carcajada.

¿Quién escribe el guión del videojuego? Este informe debe presentar la mayor cantidad de opciones al lector de la Comisión, pero sobre todo marcar una preferencia, sugerir el sentido de lectura a partir del cual la carpeta de 1.323.326 se vuelve prueba del siniestro o bien absolución. Sin embargo, la alternativa más verosímil no se asoma todavía entre los papeles de la carpeta. Hay una eventualidad, una espera, un potencial en cada análisis que agrego a cada una de estas páginas; la mano que en una sección escribe «adolescente» en el pueblo del sur de Chile ahora forma parte de una mujer que condiciona la redacción detallada del funcionamiento de un videojuego a la aparición del innominado

objeto de su incertidumbre. Es la misma mano que espera levantada, dedos firmes alineados con la palma rígida, la carrera del insecto desde el rincón oscuro de esta oficina para caerle encima con un golpe seco y breve al mismo tiempo que quiere empuñarse, retraerse sobre sí misma en un acto instintivo de protección ante la viscosidad tiesa, áspera, filuda que le enroncha la piel al más mínimo contacto, y que, a la vez, necesita tomar ese caparazón movedizo entre sus yemas para acercárselo a los ojos, por una vez mirarlo a la luz. La dificultad, entonces, está en cómo hacer la relación, el relato de cada alternativa diferente: el guión del videojuego lo escribe quien más adecuado le parece al lector que necesita formarse un criterio aclaratorio sobre el siniestro que al final se desata en las oficinas. Si decide que es la adolescente quien escribe, la memoria proyecta y hace desvanecerse el recuerdo de uno frente a algún libro de la colección juvenil «Elige tu propia aventura», la textura y el olor de la saliva con que me mojo los dedos para pasar las hojas rápidamente porque la decisión que tomo me lleva una y otra vez a un párrafo que dice «has muerto»; la saliva se seca, la piel se vuelve pegajosa, el libro no respeta la frase de la primera página: «las posibilidades son múltiples; algunas elecciones sencillas, otras temerarias... y algunas peligrosas. No hay opciones acertadas o erróneas». Cuántas decisiones tomo para llegar a este cubículo donde anoto, a esta silla donde leo esto. La memoria de una lectura adolescente se acaba, es breve y sólo persiste en la táctica de quien escribe sobre una pantalla con sus propios ojos, de quien juega consigo mismo contra un vidrio que no termina nunca de empañarse; una adolescencia desarraigada del *adolescere* romance de quien crece porque carece, lejana también del *ad-dolere*

latino de aquel que debe razonar y aprender porque «va hacia el dolor»: se trata de la explicación sin etimología —sin historia— de un tiempo condicional, estado simultáneo en que las posibilidades caben sin excluirse y se proyectan sólo hacia la PÁGINA SIGUIENTE, lejos de esa imaginación moderna única que es la persona adulta, cuya lectura va tras el sentido.

Que te acordaras de ese poema tuyo donde las palabras no tenían que ver con el ser humano, sería esa mi primera frase, el verso inicial: que alguien pudiera llegar y sacarse de encima el lenguaje como un abrigo —decir la necesidad de calor y sin embargo seguir teniendo frío—, maldito, frente a la ventana de esta pieza, en medio del aguacero constante y helado de Albur, estos dedos decidirían probar si escribiendo, sacándome tu recuerdo de encima —como tú habrías dicho que una podría llegar y decir cualquier palabra— sería capaz de sobrevivir. Un cuerpo abierto como este no duraría bajo la lluvia de Aysén, así trizada como me fueras a encontrar las grietas se desbordarían y aun seca de nuevo la humedad seguiría ahí, un hedor que poco a poco iría creciendo hasta hacerse tan penetrante como el agua. Trataría de acercarme a la estufa eléctrica oxidada que encendiera en la esquina de mi pieza y me dejaría bien guardada dentro del pequeño clóset con cajones —salvo estos dedos que tendrían que ponerse a trabajar de una vez en el guión, que para eso la municipalidad de Albur estaría pagando—, porque liberados de este peso —planchados, doblados, con unas pelotitas de naftalina para no apolillarse— estos pies podrían decidirse a salir por el living de esta pensión, por el comedor, por esa cocina y conocer a las personas que vivirían aquí, arrancando de

una vez si se pudiera la huella de tus uñas sobre este hombro, de un dedo tuyo entre las axilas estas, de la punta del pie encima de una cadera, de un diente mil veces en el pliegue, desgraciado, y así se extinguiera en un segundo la sensación de que si nos reuniéramos los objetos volverían a su lugar, el pasado y el presente serían un flujo tibio que vendría a rodear uno, dos cuerpos para empujarlos hacia el futuro, cuando hubiera un bosque repleto de niños, de hojas y de animales al borde de un lago, donde una mano —esta— sobre la tuya te habría llevado a construir una cabaña en ese bosque.

Todo se interrumpiría cuando golpearan de nuevo la puerta de esta pieza, sin obtener respuesta porque sería incapaz de dejarme bien colgada de la percha del clóset, con algunas monedas en los bolsillos en caso de que aparecieras de súbito, que la gente noruega hubiera decidido dejarte ir, que tu nueva amante te abandonara, que la tundra abriera sus suelos para que deambularas de vuelta a tu departamento de Providencia, tomaras el teléfono y ni siquiera me llamaras a mí —que si ya fuera difícil memorizar los códigos telefónicos de Santiago sería imposible comunicarse con un pueblo perdido entre la neblina sureña—, sino que llamarías a tu padres. Mejor volvería a guardarme en el cajón del velador, al lado del radiorreloj de carcasa colorada, desteñida, debajo de los pañuelos desechables que se estarían acabando, y de esa manera quizá podría salir a decirle algo a ese tipo del pueblo que se habría quedado durante horas mirando mi ventana de la pensión desde la calle. Ahí estaría de nuevo ese tipo: arrastraría por las pozas sus botas, una larga parka y un sombrero envuelto en plástico transparente, distinto a los otros hombres que andarían por el pueblo con camisas de franela y jeans, de los niños con chaleco de lana e impermeable que correrían hacia sus casas gritando, de la mujer

sin paraguas que miraría de reojo esta ventana. En un momento el tipo dejaría de caminar y se apoyaría en el poste de luz con los brazos cruzados a ver sin pestañear, sin párpados, sin que se le moviera un solo músculo de la cara, y las cortinas de género blanco traslúcido en la fachada de las otras casas de Albur se abrirían apenas con manos arrugadas en una esquina; pero cuando estas piernas reaccionaran para estirarse esas manos se esconderían y la cortina quedaría meciéndose detrás del vidrio, mostrando los codos de las familias que se preguntaran quién sería esta chiquilla, por qué no saldría nunca de su pieza en la pensión, por qué estaría llorando, qué escribiría: que por favor vinieras. Que saldrían ella y él a pasear por Albur. Que admirarían los árboles enormes y se calentarían las manos mutuamente. Que él se reiría con ella cuando le hiciera morisquetas por el vidrio al tipo que estaría vigilando, le sacaría la lengua, se levantaría la nariz, exageraría sus ojeras, estiraría esos labios, pero el otro seguiría inmutable. Que los dedos míos no dejarían de escribir en este cuaderno tu nombre,

tu nombre, tu nombre, tu nombre, tu nombre, tu nombre, tu nombre, tu nombre, tu nombre, tu nombre, tu nombre hasta que tu nombre fuera una sarta de rayas, una hilera de dibujos sin significado aparente.

Que te acordaras de cómo tendría que terminar ese poema tuyo donde el protagonista seguiría siendo un ser humano aunque hubieran cortado su cuerpo en ciento veintitrés pedazos. Incluso si ese tipo de una vez entrara con sus amigos a esta pieza y cada uno llevara a lugares alejados entre sí las tripas, la mente, los músculos, los huesos, la piel, la sangre y algo más que estuviera acá, esta mano seguiría escribiéndote porque no me habrías dado a leer el final del poema ese día, poco después de conocernos, cuando me habrías pedido ver el interior de un computador y estas piernas se cruzaran, encantadas, mientras esta otra mano le sacaría el armazón al viejo aparato 486 —el mismo que luego te habrías llevado para transcribir tus libros—, y tú de repente te habrías agachado para meter la lengua en el lugar donde se enchufara la tarjeta de video, habrías olisqueado el ventilador, la fuente de poder y los cables planos diciendo que ahora podríamos estar dentro del nuevo viviente: quedaríamos sordos si yo desconectara la tarjeta de sonido —te habría dicho—, si yo removiera la memoria ROM perderíamos cualquier idea de qué es esto que nos empezaría a doler, a sangrar, a empalidecer, que se convertiría sólo en un pedazo de carne y mi cuerpo.

De manera que el guión del videojuego es un poema, antes o simultáneamente. Y también un cuento. Dada la transformación de los textos en esta carpeta se hace necesaria otra táctica para disecar ante la Comisión al innominado protagonista de estos papeles, como la que propone Raymond Queneau en «Un cuento a la manera suya», no para preguntarse cuántos modos hay de

hallar la evidencia, sino para posibilitar un asomo de contestación. He aquí una primera prueba:

1. ¿Quiere usted seguir la historia de la cucaracha que sube por la pierna del lector?
    - Si quiere, debe dirigirse a la pieza 4.
    - Si no, a la 2.
2. ¿Prefiere la historia de una barata que se esconde en la madera de un escritorio, esperando el momento adecuado para salir a poner sus huevos?
    - Si lo prefiere, tiene que pasar a la 16.
    - Si no, a la 3.
3. ¿O la de la garrapata que vive tres días en estado natural, pero que en la temperatura ideal de un laboratorio pasa dieciocho años en suspensión, ni viva ni muerta?
    - Si es así, puede ir a la 17.
    - Si no, a la 20.
4. Alguien lee una carpeta con papeles sobre miriápodos, insectos y arácnidos. Absorto en los párrafos de fragmentos secos, cortos, incomprensibles, no se da cuenta de que las patas de una cucaracha tan brillante como polvorienta van posándose en los poros de su pierna mientras suben bajo la tela de su pantalón.
    - Si es mejor para usted otra descripción, puede dirigirse a la 9.
    - Si esta le viene bien, tiene que ir a la 5.
5. Esta persona siente por fin que está entendiendo la naturaleza de los invertebrados que tanto le inquietan, y empieza a tomar notas al margen de los papeles.
    - Si no cree que está entendiendo a los invertebrados, debe saltar a la 6.
    - De otro modo, a la 7.
6. Mientras escribe la sexta nota, duda seriamente de cualquier comunicación entre un mamífero y un insec-

to, aun cuando recuerda con genuina emoción una película sobre el comportamiento cotidiano de los insectos y está muy interesada en aquello que los tratados científicos llaman el movimiento particular de los invertebrados.

- Si quiere saber más sobre esa duda, tiene que ir a la 11.
- Si no está particularmente interesada, puede seguir a la 7.

7. Entonces un sutil enganchamiento en el interior de su pantalón gris la distrae de sus reflexiones.

- Si prefiere pantalones de otro color, debe continuar a la 8.
- Si este color le queda bien, a la 10.

8. Entonces un sutil enganchamiento en el interior de su pantalón negro la distrae de sus reflexiones.

- Si prefiere pantalones de otro color, puede ir a la 7.
- Si este color le queda bien, tiene que avanzar a la 10.

9. Alguien lee una carpeta con papeles sobre todo tipo de invertebrados. A medida que va leyendo en los párrafos que esos cuerpos son tan diferentes al suyo, una creciente sensación de que se le eriza la piel le impide darse cuenta de que una cucaracha va subiendo entre los dobleces del pantalón y su propia piel.

- Si quiere conocer el resto de la historia, tiene que ir a la 5.
- Si no, a la 20.

10. La persona piensa que de tanto leer sobre anillos, corazas y articulaciones viscosas la aversión la debe estar sugestionando, y que por eso siente el contacto de esas patas torcidas sobre su propia piel. Piensa en otros personajes para los cuales una situación de lectura

aparentemente banal como la suya redunda en un final doloroso.

- Si quiere saber de esos otros personajes, es posible seguir a la 11.
- Si no, a la 12.

11. Se refiere precisamente a Gregor Samsa ante los catálogos de productos que debe vender, a Alonso Quijano ante el heroísmo de los libros de caballería y a Emma Bovary ante la sensualidad de los folletines.

- Si quiere saber cuál es el paralelo entre su situación y la de los personajes citados, busque *La metamorfosis*, *El ingenioso hidalgo don Quijote de la Mancha* y *Madame Bovary* en una biblioteca y luego olvidémoslos.
- Si no cree necesario ahondar en el asunto, puede seguir a la 12.

12. Pero más que un personaje específico, se dice, soy como el adolescente que de tanto jugar un videojuego siente de pronto que alguien más lo maneja por medio de un control a distancia.

- Si le interesa saber al tiro de ese videojuego, puede pasar a la 14.
- En caso contrario, a la 13.

13. La persona que lee se pregunta por qué asocia las sensaciones que la imaginación de un invertebrado provoca en su epidermis con las implicancias ideológicas de la masiva práctica de videojuegos por parte de niños y adolescentes en todo el mundo. ¿Por qué?

- Si le intriga esto, debe continuar a la 14.
- Si no, es necesario seguir a la 14 igualmente, porque de todas formas usted no lo sabe.

14. Tanto los videojuegos como los insectos se mueven —se da cuenta— mediante estímulos simples de atracción y repulsión. En cambio yo leo sobre las secreciones

y las branquias que permiten a un artrópodo seguir avanzando aun con su cabeza cortada, siento que mi piel se eriza de repugnancia y sin embargo quiero saber más sobre eso. Ya veo.

- Si quiere ver también, tiene que saltar a la 15.
- Si no, a la 15 de todas maneras. Porque no va a ver nada.

15. La persona decide dejar de leer la carpeta con papeles sobre miriápodos, insectos y arácnidos. Se levanta, camina por los pasillos y se dirige a la cocina. Entonces se felicita porque ya no puede siquiera recordar la sensación de unas diminutas patas ganchudas entrando en la piel de su pierna. Privado de la repulsión que le produce leer sobre la conducta de los insectos pierde la posibilidad de saber cuánto una barata necesita evitar el erizamiento de la piel de su huésped.

- Si quiere saber cuánto una barata necesita evitar el erizamiento de la piel de su huésped, puede continuar a la 16.
- Si prefiere no saberlo, a la 20.

16. A pesar de que en el caso de las baratas de mayor tamaño basta un pedazo de madera o incluso un hoyo en la tierra seca para establecer un nido, aquellas más pequeñas prefieren los organismos cálidos de los animales superiores. Existe una rara especie, casi imperceptible al ojo y al tacto humano, que busca el poro del mamífero lampiño para dejar sus huevos.

- Si la barata le desagrada, tiene que ir a la 20.
- Si le interesa, le recomiendo saltar a la 18.

17. Cuenta Giorgio Agamben en *Lo abierto* que en un «laboratorio de Rostock una garrapata [es] mantenida con vida por dieciocho años sin alimento, es decir, en condiciones de absoluto aislamiento de su entorno».

- Si esta garrapata le desagrada, puede ir a la 21.

- Si le interesa, debe continuar a la 18.

18. Quien lee esto no sabe que el hecho de enterarse de que determinado insecto lo puede parasitar es necesario para provocar el erizamiento que instintivamente contrae los poros de su piel, de manera que los huevos de la pequeña barata son expulsados por efecto de la presión. Aun así, ¿cómo este tipo de barata se perpetúa? Agamben se lo pregunta también: «¿cómo es posible que un ser vivo que consiste enteramente en su relación con el medio pueda sobrevivir cuando se le priva absolutamente de él?».

- Si quiere saber la respuesta, quiere seguir a la 19.

- Si no, tiene que avanzar a la 20.

19. Simplemente se esconde, esperando el momento adecuado para salir a poner sus huevos, en un tipo de madera especialmente abundante, oculta y cercana que se llama papel.

- Si necesita saber lo que sigue, debe seguir a la 20.

- Si no quiere saber más, a la 20 de todos modos.

20. Sólo queda CAMBIAR DE PÁGINA.

Dejaría este cuaderno a un lado, levantaría la vista y caminaría hacia ti. No aguantaría que me abrazaras ni que me dieras las explicaciones, sólo te pediría que saliéramos de esta pieza, juntos hasta ese bosque que te habría mostrado por la ventana, y una vez que llegáramos a un claro donde hubiera sol nos sentaríamos en el pasto. Entonces tú empezarías a hablarme, pero que te quedaras callado, te diría de nuevo. Ahora sería yo la de las mentiras: tú estarías tendido sobre el pasto, apoyado en uno de tus codos, un rayo de sol caería perfectamente sobre tu pelo, haciéndolo brillar más aún, adorado, primero te abrazaría pero sin dejar de hablar, de rogarte que te fueras, para qué habrías venido si ya sabrías desde el principio —y no te atrevieras a dedicarme una de esas sonrisas cuando dijera eso— que me irías a dejar sola. Levantarías tus cejas delgadas tú, una de las cejas formadas para la sonrisa esa, sin embargo qué habría de entender cuando pusieras esa boca, esos ojos, un viento suave sacudiría los árboles de manera que algunas ramas taparan el sol un momento, nuestro claro desapareciera y también el brillo que no me dejara ver nítidamente la expresión de tu cara. Entonces podría verte de nuevo y volver a no entender nada, a sentir también dentro de mí esas nubes negras que estarían pasando un instante bajo el sol del verano meridional para atenuar el paso de la luz

entre las hojas de infinitas formas todas idénticas, todas distintas colgando de las ramas, sacudidas por el viento, el mismo viento, invisible, doloroso, que pasaría también por entre tus mechas brillantes para desarmar un poco esa expresión, mi propia mano que se acercaría instintiva-mente a tu cara para ordenarte el pelo, aunque en el cami-no yo lograra bajar los dedos, arrepentirme, llevármelos con coquetería y odio a mis propios ojos, empuñando la mano sobre mis párpados me los refregaría sin que eso significara algo, ni tampoco esa hoja casi colorada que se desplomaría lentamente desde las alturas para terminar cayendo justo al medio de nosotros, a pocos centímetros de tus dedos quietos sobre el pasto, el musgo, la tierra que para mí apenas sería la suma de unos pedazos húmedos y disparejos de colores sin nombre, te diría, y me encanta-ría hacértelo ver, que tú también sintieras cómo para mí, malagradecido, ninguna hoja de ninguna rama de ningún árbol de ningún bosque de ningún pueblo al sur de nin-guna ciudad donde ni tú ni yo nunca habríamos estado juntos en realidad podría formar parte de otra cosa; de mí; del mundo, te gritaría, no sería capaz de pronunciar eso siquiera, y por eso habría escrito esto de nuevo, una vez y otra, hasta lograr recomponerme en este cuaderno, ¡cuándo habrías escrito a mano tú!, esperaría que hubieras dicho con una mueca, pero no: ni una risa ni un abrazo ni una explicación te aguantaría, sólo que te quedaras sentado sin entender nada como yo, al frente mío, una mu-jer y un hombre desconocidos el uno para el otro a pe-sar de que durante casi una década durmieran mil noches en la misma cama, a pesar de que lo que ella habría empe-zado a hablar él terminaría de decirlo, como sus carcaja-das que habrían sido una sola, siempre las mismas palabras, abrazados, caminando por las calles de Santiago, dándo-se besos, tomándose las manos y contándose historias que

sólo ellos entenderían: al principio siempre estaría ella entrando a un bosque, luego él tendría que encontrarla en un claro soleado para que se fueran a bañar sin ropa a una laguna con caída de agua que nadie, ningún ser humano, habría tocado jamás, lo que explicaría la transparencia del agua y la frescura del aire mojado por las gotitas que se soltaran en el impacto de la caída contra las rocas redondeadas, lisas de tanta agua, de pronto y sin explicación la historia se tendría que romper, quedaría sin final aunque con un epílogo: ella seguiría viviendo en ese pueblito que llamaría Albur al rayar sus cuadernos para alegrar un poco las cosas, miraría por la ventana de la pensión donde estaría alojada sin atreverse a salir, sin diferenciar a esas personas que pasarían lado a lado con ropas gruesas pero sin abrigo, la cabeza un poco agachada, ni siquiera inmutándose cuando se saludaran, como si fueran ellos parte de un bosque que alguien como yo viera por primera vez, alguien que resentiría de alguna manera la belleza de esos troncos milenarios, cuyos ojos descansarían en el verdor intenso de los follajes y cuya piel erizada se tranquilizaría con el viento, a pesar de que no pudiera nunca llegar a saber el nombre de cada uno de esos árboles, la íntima importancia de que cada una de esas ramas, de esas hojas y de esos tallos y sus formas repetitivas se fueran a entrelazar al infinito de manera que en cada intersección se volvieran únicas y así vivieran, perdiendo voluntariamente toda importancia individual porque se fundiría cada brote, cada poro, cada secreción de savia en un solo árbol, los árboles en un bosque, los bosques en eso que podría llamar un lugar, una tierra; un mundo, agregarías adelantándote a mí de nuevo, levantándote para cambiar de posición y sentándote esta vez con las piernas cruzadas, sin sacudirte los pastitos que se te habrían quedado impregnados en el chaleco, sin embargo no te reirías ni

tampoco estarías serio, no querrías acercarte porque yo no me detendría en mi lectura de todo lo que habría escrito sola en estas páginas y que sería incapaz de unirse, de formar parte de algo más, ni siquiera las escenas de mi guión de videojuego encontrarían alguna manera de sucederse: yo me lamentaría delante de ti para que siguieras quedándote callado con el sol sobre tu pelo.

La característica simultaneidad con que 1.323.326 expone las posibilidades que se le presentan para seguir su proyecto —y que esta nota al videojuego enfatiza— no debe terminar de confundir al lector de la Comisión. Por el contrario, quien escribe deja de encogerse y se asoman sus corazas cuando asegura que está escribiendo a mano a pesar de que sólo es posible leer eso en una frase impresa maquinalmente; de manera que el guión del videojuego es un relato, pero también el registro manuscrito, sentimental, íntimo, de una relación de pareja que privilegia «Un cuento a la manera suya», para seguir con la propuesta de Queneau. He aquí una segunda prueba:

1. ¿Quiere usted leer la historia de una mujer que «[escribe] esto de nuevo, una vez y otra, hasta lograr recomponer[se] en este cuaderno»?
    - Si quiere hacerlo, debe pasar a la pieza 4.
    - Si no, tiene que seguir a la 2.
2. ¿Prefiere saber sobre 1.323.326, que «[escribe] esto de nuevo, una vez y otra, hasta lograr recomponer[se] en este cuaderno»?
    - Si lo prefiere, puede saltar a la 16.
    - Si no, a la 3.
3. ¿O quizá el caso de los 1.323.326 insectos del papel que intentan reproducirse «de nuevo, una vez y otra, hasta lograr recomponer[se] en este cuaderno»?

- Si es así, le es posible avanzar a la 17.

- De lo contrario, tiene que ir a la 19.

4. Una mujer abandonada por su amante —especialista en videojuegos— escribe el guión para un nuevo videojuego donde cada etapa termina con la muerte de su amante.

- Si prefiere que al final de cada etapa su amante regrese, debe dirigirse a la 10.

- Si le parece justo, puede seguir a la 5.

5. Como la mujer abandonada está en Bergen, Noruega —mientras su amante permanece en Santiago, Chile—, hace trascurrir su videojuego en un pueblo meridional chileno que se llama Albur, hacia donde un día su amante —que protagoniza el videojuego— viaja y encuentra la muerte en cada etapa.

- Si usted quiere saber más de ese pueblo meridional chileno donde su amante encuentra la muerte, tiene que continuar a la 6.

- Si cree que Albur es un lugar imaginario, le recomiendo pasar a la 7.

6. Albur está emplazado en una de las provincias de la región chilena de Aysén, cuyos paisajes boscosos, lacustres y costeros, como su clima húmedo y frío, se asemejan a los de la zona noruega de Hordaland, cuya capital es Bergen.

- Si estima que esta correspondencia convierte a Albur en el escenario adecuado para que la mujer abandonada por su amante se haga justicia, puede continuar a la 12.

- Si este paralelismo le parece arbitrario —siempre es posible encontrar alguna relación significativa entre dos lugares distantes del mundo—, tiene que seguir a la 7.

7. La mujer imagina en el videojuego que su amante viaja a Albur a escribir el guión de su próximo videojuego.

- Si no le gusta que la mujer se repita y prefiere a su amante haciendo otra cosa en Albur, debe pasar a la 8.
- Si le parece bien, puede ir a la 11.

8. La mujer imagina en el videojuego que su amante está en Albur de vacaciones. Le gusta el pescado y la industria salmonera de esa zona es abundante, piensa la mujer.

- Si prefiere a su amante haciendo otra cosa en Albur, tiene que continuar a la 9.
- Si le parece que debe ser así, puede saltar a la 11.

9. La mujer imagina en el videojuego que su amante se recluye en Albur para concentrarse en escribir el informe que una Comisión de la universidad le acaba de encomendar. Un informe confidencial, anota la mujer.

- Si prefiere a su amante haciendo otra cosa en Albur, debe seguir a la 7.
- Si le parece adecuado, tiene que pasar a la 11.

10. En cada etapa del videojuego, el guión de la mujer lleva a que su amante se enfrente a la muerte, ante la cual, por un segundo, recuerda lo más importante: ella. Pero está lejos.

- Si usted prefiere que en ese momento muera, tiene que volver a la 5.
- Si no, tiene que ir a la 19.

11. Después de leer lo que está escribiendo, la mujer se da cuenta de lo mucho que extraña a su amante. Reflexiona una y otra vez: ¿es ella quien abandona a su amante o es su amante quien la abandona a ella?

- Si cree que ella se hace esa pregunta para evitar el momento en que su amante muere en el guión del videojuego, debe seguir a la 12.

- Si usted es de la opinión de que en cualquier rup-
tura social todas las partes son responsables, puede pasar a la 13.

12. Igual que Gregor Samsa continúa en los catálogos
de venta aun cuando es insecto, igual que Alonso Quijano lleva libros de caballería en sus alforjas de caba-
llero andante, igual que Emma Bovary sigue leyendo
folletines las tardes en que no se acuesta con Rodolphe
Boulanger, la mujer abandonada pone como protagonista del guión de su videojuego a su amante, especialista en videojuegos.

- Si quiere saber más de la comparación entre la mujer y los personajes citados, busque *La metamorfosis*, *El ingenioso hidalgo don Quijote de la Mancha*
y *Madame Bovary* en una biblioteca y luego olvidémoslos.
- Si no cree necesario ahondar en el asunto, debe
ir a la 13.

13. Así ella descubre que está escribiendo un guión
de videojuego en el cual su amante está escribiendo
un guión de videojuego donde ella está escribiendo un
guión de videojuego. Por fin la mujer abandonada entiende qué es Albur.

- Para entender qué es Albur, tiene que seguir a la 14.
- De otra manera, también debe pasar a la 14. Igualmente no va a entender nada.

14. «El albur es un pez mediterráneo de unos siete de-
címetros de largo, con los ojos medio cubiertos por
una membrana traslúcida». Ya veo, dice la mujer mientras aparta la *Enciclopedia americana*.

- Si le interesa ver lo que ella ve, le ofrezco avanzar
a la 15.
- Si no, debe ir también a la 15. No es posible leer
lo que alguien está viendo.

15. «En otros lugares el albur es llamado pez cucaracha», escribe al margen de su cuaderno. «Porque se mueve mejor en completa oscuridad». Entonces, al final de la página, se topa con una breve anotación que no reconoce como suya.
- Si quiere leer qué dice esa anotación, debe seguir a la 16.
- Si no, puede saltar a la 19.
16. Únicamente «1.323.326»: un número que niega definición, que borronea, que no deja ver. No es adulto, niño o viejo, humano, animal o insecto, personaje, personalidad o persona. Una sola definición: la pluralidad. No es hombre, no es mujer; no es quien escribe ni es usted que lee esto: es todas las posibilidades que caben en una cifra. Es la visión acabada.
- Si le parece que se trata de un número como cualquier otro, le recomiendo avanzar a la 19.
- Si le interesa saber más, debe continuar en la 17.
17. Los invertebrados sobreviven por medio de la *cripsis*, término griego antiguo que caracteriza a la vida que está ahí aun cuando ninguno de los sentidos animales puede percibirla. El insecto del papel —por ejemplo— es más diminuto que el poro de una página. ¿Cuál es la diferencia entre un punto de luz que se ve desde dentro del ojo en una hoja blanca, un signo impreso sobre la página y un racimo de insectos del papel que se acumulan y ensucian hasta que adquieren determinada forma visible?
- Si quiere saber la respuesta, tiene que seguir a la 18.
- Si no, a la 19.
18. La diferencia está en que uno se observa, el otro se lee y el tercero se mueve. Sin embargo, no es posible discernir fácilmente a cuál de los tres corresponde el número que está abajo en esta página.

- Si usted tiene un microscopio, tráigalo y obser-
ve cuántos ácaros e insectos del papel hay en un
solo pedazo de la hoja del libro que está leyendo.
Cuente cuántos son.

- Si no tiene un microscopio, debe pasarse a la 19.

19. Entonces es preferible DAR VUELTA A LA PÁGINA.

Cuánto te querría si vinieras, si no te hubieras quedado en silencio sin considerar que fuera obligación decirme que estarías allá de lo más tranquilo en Bergen leyendo códigos, metiendo fórmulas en las terminales, diseñando nuevos lenguajes, sentado en una biblioteca frente a breves y densos compendios de frases, signos, códigos, secuencias, programas, discusiones, ayudado —que tanta falta te haría el silencio en el momento de encontrar una palabra y empezar el poema— por millones de ceros, de unos, de ceros y de unos, cada cual intentando atraer hacia sí al otro para formar una nueva materialidad cuyo interior fuera una estructura de funciones idénticas a ella misma y también a la próxima transformación, en una serie de errores que no se detendría, que vendría a resplandecer como tú, como tu pelo ausente al sol en el claro de ese bosque, amado, que luego formaría parte de un escalafón de sensaciones que se enlazarían como los dedos de esa pareja de amantes que iría desapareciendo, que me sería difícil recordar como las teclas de mi primer computador, el Sinclair, esa imagen y ese análisis que en vano yo habría guardado en mi computador portátil porque alguien me la robaría sin que le importara nada privarme del teclado membranoso de mis cinco años, superficie inexplicablemente lisa donde yo de todas maneras podría pasar los surcos de mis dedos y

lograr una reacción en esa materialidad fascinante, y negra, con el logotipo impreso en relieve y los colores del arcoiris, que me habrían robado sólo cuando tú no estuvieras ahí para defenderme, para correr detrás del extraño por los pasillos de esa bodega de mierda que con tanto orgullo los guardias llamarían, en su halitosis, el aeropuerto de Coyhaique, sin oírme los desgraciados, como si tampoco yo estuviera ahí, como si les hablara en otro idioma, como si tú quisieras justo en ese momento acercarte y tocarme la cara, pero yo me levantaría y este pie te pegaría una buena patada en la raja, imbécil, como si estos dedos —al soltar el computador personal, al pasar por encima del teclado plano del Sinclair negro— hubieran logrado tocar de nuevo en el cuaderno esa membrana que diferenciaría las teclas y el plástico indiferente del aparato, del circuito que habría empezado cuando nuestras manos se toparan por casualidad y me diera un poco la corriente, no, cuando alguien conectara la televisión y sobre una pantalla blanca en letras negras algo, alguien se mostrara conmovido por la yema de mis dedos, una sarta de palabras incomprensibles pero cuyo movimiento contuviera una manera de entender propia, real porque no tendría nada que ver con tu interpretación humana.

Te habría mostrado eso, te habría leído algo así desde un archivo de ese computador que me habrían robado en Coyhaique cuando por enésima vez me hubiera puesto de pie para caminar hacia uno de los teléfonos públicos y marcar la sucesión de códigos telefónicos, la clave del operador de larga distancia, el identificador del país de Noruega, el número específico de Bergen, el teléfono de siete dígitos que tú me habrías anotado en el mísero pedazo de una de tus páginas con poemas el día en que habrías llegado a mi casa con una mochila repleta de cuadernos a decirme que estabas decidido, que postularías

al Programa de Videojuegos, que me querrías explicar el detalle de tu plan, con cifras, fechas y plazos y requerimientos, como si hubiera sido yo quien tuviera que someterme a los formularios me hablarías en frases simples, directas, con principio y con final para que no me fuera a perder; la devoción hacia ti habría sido tal que sólo escucharía el presente de lo que estuvieras pronunciando y no la acumulación de tus palabras anteriores: vacío, situar, narración, ambigüedad, cronología, fragmento, marginalia, imagen acústica, una mujer para la cual no existiera código alguno y sin embargo fuera una mujer, una máquina que tuviera que agregar manos, ojos y orejas al teclado, la pantalla y los parlantes porque dentro —sólo dentro— del computador estaría traducido el mundo, jerarquizado por un lenguaje binario, la decisión entre estar sola o estar acompañada que tomarían por ella las mismas personas que se hubieran hecho cargo de traducir el mundo, y cada una de esas frases que tu ingenio poético hubiera pulido hasta la exactitud sería filtrada primero por el lenguaje ensamblador, luego por el lenguaje primario y luego por el mismísimo código de la máquina que las devolvería a mi entendimiento en imágenes reflejas: cuando me miraras desde el claro del bosque en el atardecer sin nubes ya, entumido por el viento de Albur, incorporándote sobre tu espalda, sobre tus piernas cruzadas; tus dedos jugando con los tallos que hubieras formado en el acto de despojar de su verdor a las hojas que el viento trajera hasta nosotros; habrías convertido esas hojas —las formas repetitivas y vivas que nos rodearan— en palos secos con los que tus dedos jugarían cada vez que me miraras esperando tu turno para hablar, esperando que yo terminara de insultarte, de echarte tierra a la cara, de subirme encima de ti y darte codazos, puntapiés, chupones, mordiscos, escupos, y te llenara también la cara con mi llanto moquiento,

gritando pero no preguntándote por qué te habrías desaparecido o por qué habrías decidido no llamarme siquiera a través de los teléfonos noruegos, franceses, españoles, gringos, chilenos, finalmente de ninguna nacionalidad esos cables que atravesarían las capas geológicas para aumentar la posibilidad de que me dijeras algo, que pronunciaras mi nombre de nuevo en el mismo instante que te acercaras.

Hay una relación fundamental entre las distintas voces que 1.323.326 modula en los papeles de esta carpeta: la necesidad constante de avanzar hacia un entendimiento de la otra persona que lee esto, quizá yo, quizá yo solo, quizá yo sólo quiero ver desde lejos al insecto minúsculo que se esconde en este cubículo, quizá yo sólo padezco de la ceguera que no permite al invertebrado variar su trayectoria ni detener su movimiento hacia la siguiente etapa, porque mi lectura pretende imitar la táctica con que 1.323.326 escribe su videojuego: cada voz es «filtrada primero por el lenguaje ensamblador, luego por el lenguaje primario y luego por el mismísimo código de la máquina que las [devuelve] a mi entendimiento en imágenes reflejas». De manera que el guión del videojuego es un relato, es el diario íntimo de una relación de pareja y es también una reflexión sobre cómo hoy en la estructura básica de todo discurso narrativo, utilitario e incluso autoconsciente acecha el binarismo de la electricidad, de las máquinas que la consumen y de la lógica informática en que éstas funcionan, como también anticipa Queneau en «Un cuento a la manera suya». He aquí una tercera prueba al respecto:

1. Para interactuar con quien lee, todo aparato debe ser capaz de convertir su propio lenguaje de máquina a un lenguaje primario, que uno de sus mecanismos en-

sambla con un conjunto de conocimiento verbales humanos y me lo vuelve comprensible. Una consola de videojuegos es una máquina. Un insecto es una máquina.

- Si le parece que este argumento es suficiente, tiene que continuar en la pieza 2.

- Si le parece parcial y necesita saber más, puede ir a la 3.

2. 1.323.326 asume cuatro o cinco voces diversas para escribir un guión de videojuego.

- Si usted juzga que tal diversidad es una duplicación escrita de la estructura lógica de un videojuego, debe seguir a la 3.

- Si necesita más evidencias para convencerse, a la 4.

3. Yo escribo este informe a la Comisión para ensamblar la figura primaria del protagonista invertebrado del videojuego con la figura primaria de la adolescente Alma, muerta en el pueblo de Albur.

- Si —siguiendo la táctica de este razonamiento— para usted la mujer que escribe las notas corresponde a la parte de la voz de 1.323.326 que aspira a duplicar el código de la máquina en su videojuego, le sugiero que avance a la 4.

- Si no, puede seguir igualmente a la 4. Así vuelve antes a la siguiente nota de la mujer que escribe, y más rápido resuelve su lugar dentro de esta lectura.

4. En el lenguaje verbal humano, castellano y chileno en que 1.323.326 escribe esto, la mujer que escribe las notas y la máquina comparten un mismo género gramatical.

- Si para usted —en suma— ella es la máquina, entonces tiene que ir a la nota quinta, en la página siguiente.

- Si esta posibilidad le parece fuera de toda lógica informática y humana, debe continuar a la nota novena de la página 126.

Yo no dejaría que te acercaras ni que osaras decirme nada, infeliz, porque no irías a respetar nada de lo que te
hubiera pedido sólo para preguntarme qué habría hecho
yo con los veinte cuadernos roñosos, escritos de la primera hasta la última página con versos apenas legibles,
a veces una sola palabra —traducción—, que me habrías
regalado. Entonces yo correría por el bosque aterrada,
sin aliento, manoteando las ramas de vuelta a la pensión,
muerta de frío, pálida, y entraría a mi pieza, volvería a cerrar con llave la puerta para que nadie entrara ni me pudiera ver anotando leseras acá, para que no se burlaran de
esta mano derecha que te insulta por escrito, miserable, y
de esta izquierda que me sostiene el pelo de la frente en una
maraña para que no se me tapen estos ojos que no verían
dónde habría yo metido tus cuadernos de poemas esa noche en que —como si le hubieras estado hablando a un dic-
táfono— pronunciaste calmadamente y muy fingido que
te irías a estudiar de vuelta a Noruega, que yo me quedaría
en Chile esperándote, que tú te convertirías en un programador experto, en un ideólogo de las estrategias narrativas
del videojuego también, pero que no me preocupara, que
no me discutirías mis secuencias ni tampoco me ofrecerías
que tú y yo fundáramos una empresa de software juntos,
sino que cada una de tus estaciones decantaría en un largo

poema —más descabellado todavía, una novela— sobre mí, que no tendría alma, modelo que enunciaría la falta de interioridad de los nuevos procesos virtuales, y cuya trama sólo trascribiría la manera en que su computador —el computador portátil que me habrías regalado en esas mismas fechas— traduciría para ella el mundo; la superficie que otros no le habrían enseñado a contemplar desde chica —escenas de películas, anécdotas de novelas, sonidos de poemas, canciones, dibujos de cómics, ejemplos de libros de historia, gestos de actores en la tele— sería una respuesta automática a los estímulos apenas eléctricos que la harían vivir: te querría, cero, no te querría, uno; él se habría perdido para siempre en algún lugar de Noruega, cero, él estaría acá esperándote en el bosque sureño, uno. Y sin embargo yo me acordaría del lugar donde habría metido tus cuadernos con tanta rabia la mañana después, me acordaría del número de esa bodega en el edificio de mis papás, incluso tomaría prestada cierta sensación corporal —el cuerpo inclinado un peldaño más abajo en la escalera corta, el olor azumagado del cartón café de las cajas— pero no podría verlo con mis ojos, que seguirían fijos en la pantalla azul del Atari que me regalarían después de que el tacto de las teclas membranosas del Sinclair hubiera desaparecido de mi infancia. Mis ojos dejarían de verte así, aliviados, dejarían de buscar la posibilidad de tu presencia en las calles barrosas de Albur, no pestañearían más ante la ridícula certeza de que no participarías en la composición del azul en ese televisor que habríamos conectado al Atari esa mañana, en el cuadrado blanco sobre fondo azul que se acercaría recto y horizontal a la plenitud en la medida que yo fuera percibiendo —con cada comando que ingresara desde la revista de programación, 10 print Eliza, 20 goto 10, run, Eliza Eliza Eliza Eliza Eliza Eliza Eliza Eliza Eliza Eliza Eliza Eliza Eliza Eliza Eliza Elisa Elisa

Elisa Elisa break, Ready— cómo mantenerme en la misma posición, palpitando apenas mis ojos se acercaran al cuadrado, bloques blancos suspendidos en el firmamento que virtualmente se combinarían para luego descomponerse en una sucesión de colores que yo encontraría en un interior, rodeada, explorando el universo de cuadrados, bloques que se volverían esquemas y luego suelos verdes, casas negras con ventanas blancas, cielos más azules por donde se asomaría cada cierto tiempo un avioncito cuyo lugar dependería del movimiento que mi mano estableciera, y al apretar el botón rojo de ese control negro emergería una bomba que estallaría sobre esas casas habitadas por homúnculos de puntos como cabezas y líneas como cuerpos, vidas apenas que seguirían adelante porque yo no iría a apretar el botón, sino que me quedaría observando durante horas, tardes, días enteros la trama de ese mundo sencillo construido para mí cuando hubiera dejado que el Atari hablara en el único lenguaje que incorporaran mis dedos a sus teclas. Las más de quinientas órdenes de programación que me habrían permitido ese verano reconstruir yo sola el mundo flotarían en el azul interminable de mi niñez, y mis ojos recorrerían esas líneas cada mañana también por el placer de entenderme vacía, que la construcción de ese vacío dependiera también de una serie de combinaciones discretas, predeterminadas, confiables, y aunque fuera a desaparecer mi propio cuerpo contigo nunca dejaría de reaccionar ante tu tacto para que aparecieran simultáneamente los bloques celestes, los cuadrados verdes, los puntos negros y los puntos blancos.

Quien escribe estas notas en la carpeta de 1.323.326 es máquina, mujer u otra entidad de la cual el texto sólo señala que es ella, imposible de ser observada en el contorno de esa forma femenina que su género gramatical

reclama a través de los ojos de quien lee, desfigurada, descompuesta, aleatoria porque únicamente dispone de la presión de una mano sobre el control del video-juego y del dedo sobre la tecla, fuerza de una articula-ción sobre el lápiz y del surco metálico entintado con-tra el papel para dejar una leve huella negra en blanco que ahora es posible leer aquí, una tras otra, tacto sutil e indiferenciado que se agarra a la fibra de la hoja, del pantalón, de la piel para depositar el germen de algo que mucho después se abre. De manera que el guión del videojuego es un relato, el diario íntimo de una relación de pareja, una reflexión sobre la estructura básica de todo discurso narrativo y también el regis-tro del vínculo entre quien escribe y quien lee por me-dio de una máquina de conversación artificial: un lis-tado de combinaciones predefinidas que anticipa cada posible interacción y táctica lectora en esta página ba-jo el nombre de ELIZA, primer programa informáti-co que permite procesar el lenguaje humano —según la *Enciclopedia americana* que tengo en mi cubículo— por parte de una máquina; diseñada en 1966 por el profesor germano-estadounidense Joseph Weinzenbaum, trein-ta y un años más tarde deriva en *Artificial Linguistic Internet Computer Entity* (A.L.I.C.E.), programa auto-mático de procesamiento de lenguaje humano que in-cluye a quien emite un discurso y a quien le responde a través de esa instancia computacional, equidistante, simultáneamente táctil y visual llamada Internet. La misma *Enciclopedia americana*, en la siguiente entra-da, describe el llamado «Efecto ELIZA» como una sus-ceptibilidad desmedida hacia la máquina, adquirida por aquella gente que se relaciona cotidianamente con la pantalla, y que se expresa en el hallazgo de significa-dos, comportamientos e incluso vínculos emocionales

imprevistos en las líneas de símbolos arbitrarios que enlistan de manera automática los computadores, los televisores y las consolas de videojuegos. A continuación, la *Enciclopedia americana* ilustra este efecto de sentido con la reproducción de algunos modelos conversacionales de personas que se leen y se escriben con ELIZA y ALICE. He aquí una de esas pruebas:

1. ¿De qué quieres hablar?
1. De que ella es la máquina.
2. ¿Es la máquina ella?
2. No tengo prueba suficiente para responder eso. ¿Y si ella es la máquina?
3. Esa es una pregunta hipotética.
3. Esa es una respuesta hipotética.
4. Es terrible desperdiciar una respuesta hipotética.
4. ¿Puedo encontrar una respuesta no hipotética en la siguiente página?
5. Es muy pronto para saberlo. Prueba en la SIGUIENTE PÁGINA.

En cambio ahora, en el momento en que mi mano izquierda soltara la maraña de pelo que sostuviera, me caería sobre la cara una oscuridad sebosa, un olor a encierro, una necesidad que me vendría urgente de peinarme, de ponerme bonita, de amarrarme el pelo porque podría ser que tú después de todo vinieras, porque aún me acuerdo del lugar donde guardé tus papeles, entonces me levantaría, daría dos pasos hacia la puerta, haría girar la llave hacia la izquierda dos veces, tú, tú, y en el momento que entrara por segunda vez el pestillo de la puerta se sacudiría junto con el escalofrío que recorrería levemente mi espalda cuando por la apertura que iría creciendo en el espacio de la entrada llegara a mí el brillo de una tele, una esquina del living de esta pensión que vería desde aquí antes de empezar a caminar, y pedazos de gente que se moverían múltiples, una mano que dejaría la taza de café junto a una lámpara al mismo tiempo que el zapato de un pie se acomodara y el otro zapato se viera de distinto color, otra forma incluso, que me ayudaras, estaría a punto de pedirte, si eso fuera una zapatilla porque estaría junto a la pierna delgada y corta, debajo de la zapatilla otra taza, cómo podría ser hombro eso que se iría a inclinar a la altura del muslo, no sabría realmente si habría una, dos o ninguna persona frente a ese televisor, ni por qué alguien se movería

así, hasta que una cara que nunca habría visto antes se asomara por el único costado que revelaría mi posición en el pasillo ante el living, y ese hombre se me quedaría mirando fijo, preparándose para sonreír o para decirme algo que yo no alcanzaría a escuchar porque a esas alturas ya habría entrado, por fin, al baño. Y en el baño otra vez tu falta cuando me mirara al espejo; una cara llorosa sonreiría burlesca como si alguien más que yo me estuviera viendo, una sonrisa que merecería ser tapada por estos dedos de la mano izquierda cuando volvieran a subir por mi cuello, por el rastro de polvo que el llanto hubiera marcado en mi cara desocupada, descompuesta en tantas sonrisas chuecas que alguna vez yo habría sabido darte para que me abrazaras, asqueroso, con la yema del dedo índice esta mano intentaría borrar esa mugre con que yo misma me habría ensuciado sin querer, porque no podría dejar de encontrar a otra persona ahí al frente, una niña pálida cuya superficie no reaccionara a la fricción de esa mano invertida que iría a aparecer desde la derecha para interrumpir esa trama de luz —de falta de luz, mejor dicho, de falta de estímulos eléctricos, te hubiera gustado escuchar, y mis lamentaciones después que preguntaras morbosamente qué sentía, que te lo dijera todo, mi lenguaje de la máquina descompuesto sobre la mesa de tu laboratorio, cero, cero, cero, cero— que alguna vez habría sido un ojo, un párpado, el escalofrío de la punta de una pestaña que tocaras una vez que hubieras vuelto, pilucho y metido en otra cama que sería mi cama; nuestra cama; una niña pálida fraccionada en minúscula información visual intentaría llegar a mí desde ese espejo, y aun así esa mano que tendría que pertenecerme seguiría subiendo hasta llegar a eso que tus labios gordos, calientes, partidos y salivosos insistirían en describir demorosamente como si todavía estuvieras escribiendo cada vez que me hubieras tocado,

quizá te darías cuenta de que habrías ido nombrando, para imitarme, 10 print pómulo, 20 print sien, 30 print lengua, 40 print saliva if 50 print dientes print nuca print uñas en la ingle 60 goto 10 goto 20 goto 30 goto 40 goto 50 goto 60 run. Esa mano que sería mía si la otra sacara de un bolsillo un lápiz de labios muy rojo y se lo entregara a estos dedos sin que en esa decisión formara parte mi voluntad, esta sonrisa que vendría a reflejarse ante los ojos como el nervio expuesto al aire en el centro de una mano tajeada y sin embargo indiferente al tacto de la yema de los mismos dedos; si la pupila suya que a la luz de la ampolleta hiciera que ese objeto metálico de cuya base giratoria saldría una punta colorada, brillante, cremosa se acercara, esos labios irían apareciendo míos por una vez en el espejo, extendiéndose como si apariencia fuera esta unión de puntos de luz de la ampolleta, del brillo de la imagen del espejo, desde la punta apenas pulida de la manilla de la puerta en este baño, la manilla frágil y el pestillo que alguien intentaría girar con fuerza desde afuera, extendiéndose la trama de reflejos metálicos, el haz de la ampolleta, el azogue, el fierro de la llave de agua, la manilla que alguien amenazaría con abrir desde el pasillo de la pensión, y esa misma luz sobre el agua que correría y alcanzaría a acumularse en el fondo desnivelado del lavatorio por una vez cuando yo contrajera los labios míos, no de esa figura que me devolvería la voluptuosidad de este gesto lloroso, oblicuo que habría inventado para ti desde que hubiera descubierto que te gustaría sentirme ignorante, que miraran esos ojos, y que esas manos que parecerían mías tocaran cosas intraducibles si no me las mostraras tú en la interfaz que habrías descrito detalladamente en cada página de tus cuadernos, ciento doce veces ciento doce líneas, y en cada una me darías la instrucción que me permitiera entenderte, te iría diciendo yo cuando leyera

tus poemas en tu pieza, fumando y metida en la cama, ante lo cual fingirías rabia, alegarías de nuevo por lo porfiada que me pusiera, que serían versos, que sería un poema largo, crítico y cotidiano el que habrías escrito ahí, no una programación, dirías, pero sin énfasis, como si nuestro desencuentro en el bosque hoy, si vinieras a buscarme, ya se hubiera ejecutado, aunque con una sonrisa en la cara pues te pediría por favor que no dijeras una sola palabra, te habría gustado siempre el malentendido y que yo no me diera cuenta de eso, con una sonrisa en la cara y yo entera frente a mí misma si mi boca dejara de apretar el color del lápiz labial para esparcirlo, por una vez, brillando la ampolleta en el reflejo de los metales en el agua y de todas maneras no quedaría nada, estaría sola en la oscuridad de un baño ajeno en un pueblo lejano, de pronto alguien habría dejado de tironear la manilla de la puerta, impaciente, y habría tocado el interruptor de la luz desde afuera para que yo me asustara, para que antes de gritar o agarrarme las mechas con estas manos de puro susto la contemplación de la pantalla negra que tú y yo nos habríamos quedado observando en la madrugada hace tanto tiempo me dijera tranquila en letras resplandecientes, ese verano nos quedaríamos traspirando bajo las sábanas de tu cama después de revolcarnos toda la noche, tú gruñirías, imbécil, me pasarías las pezuñas por el pelo y por la espalda, yo cerraría un poco los párpados pero no lo suficiente como para dejar de sentirte y quedarme dormida, no, en la negrura me tendría que haber gustado entrever la pantalla de tu 386, el parpadeo blanco de las letras y el cursor sobre el brillo oscuro que apenas se diferenciaría de la noche, mientras con una garra fueras arañando lentamente la piel de esa espalda que tuviera que ser mía con la otra irías tecleando respuestas claras a las preguntas que la máquina te haría, y así como yo tuviera que ir entrando

en el sueño contigo, acostado y entrando también en las descripciones cortas de piezas de hotel, de calles, plazas, bares desconocidos a los que el programa te fuera guiando hasta que agotaras las posibles combinaciones y la aventura se acabara, la luz de este baño volvería a encenderse, se oiría un alarido en el pasillo, me apuraría en guardar el lápiz de labios, dejaría que esta mano fuera mojándome muy rápido los ojos y abriera la puerta, siguiendo también las instrucciones de un viejo juego de texto DOS para que me encontrara con una niña mucho más joven que yo, una adolescente que me miraría de arriba a abajo como si no fuera una persona lo que tuviera delante, otra vez; me mostraría una toalla que estaría colgando de su brazo y rápidamente decidiría, sin preguntarme de nuevo, que ella entraría también al baño, que cerraría la puerta, que apretaría una pasta de dientes, que daría el agua y se refregaría el cepillo en la boca mientras se diera vuelta hacia mí, su pelo azabache y su cara muy pálida brillarían con el reflejo de la ampolleta, me tendería la mano mojada con baba y pasta, informándome que su nombre tendría que ser Gracia, que cómo me llamaría yo.

De manera que el guión del videojuego es un relato, el diario íntimo de una relación de pareja, una reflexión sobre la estructura básica de todo discurso narrativo, el registro de una conversación artificial y también una pregunta sobre la naturaleza de eso que los filósofos antiguos llaman Alma, los escolásticos medievales Gracia y los politólogos modernos Persona: dónde reside el derecho a ser universalmente considerado en singular, al modo de una voz cuya dignidad única se construye sin embargo en diálogo con el entorno. ¿Puede el insecto ser considerado en su individualidad? ¿Es el insecto máquina? ¿Es la máquina persona?

- Si su respuesta es afirmativa, debe pasar a la PÁGINA SIGUIENTE.
- Si le parece que no, que no y que no, tiene que ir a la PÁGINA 37.

Como siempre la decisión no implicaría más que dos alternativas: tú mirándome, acodado en el claro del bosque, o tú desvanecido y sin nombre aquí en mi cuaderno, insensible a mi tacto, a mi mirada, cero, uno, cero o uno, y yo tendría que escoger frente a la niña que mientras tanto me sonreiría, me sonreiría no porque quisiera agradarme, sino que habría estado intentando con un movimiento alcanzar la toalla sin tener para eso que hacer siquiera el intento de estirar la mano, porque ella, la Gracia, se estaría dando cuenta, en el mismo momento que su mano goteante sobre el jabón en una esquina del lavatorio necesitara secarse, que esa trama de sensaciones ajenas debería corresponder a los recuerdos de otra persona, a aquellas series que yo habría anotado días y días en el computador y que habrían dejado de estar accesibles para mí desde que alguien me lo robara. Entonces mi mano sería otra mano, mi cuerpo el cuerpo de alguien más que estorbaría a la Gracia cuando quisiera secarse porque estaría de pie, paralizada justo delante de la toalla y sin darse cuenta, como cada vez que tú te levantaras la mañana siguiente de un fin de semana y yo luego, en la tarde, mientras durmiéramos la siesta, te alegara por tu maña de madrugar las únicas veces que se pudiera dormir hasta tarde, sabiendo incluso que no descansarías, al abrir con mucho esfuerzo

uno de mis párpados habría visto reflejado en el cristal gris opaco de la pantalla apagada tu figura en el suelo del pasillo de tu departamento en Providencia, sentado sobre un cojín y anotando versos sin descanso en un cuaderno roñoso, consciente sin darme cuenta de que me vigilarías desde donde escribieras al alba para verificar que yo siguiera en la cama como el aparato interpretador que traerías al mundo solamente cuando te conviniera, al cortar una oración en una palabra que desnaturalizara lo que dirías, al apretar el botón de encendido para dejar entrar la electricidad en mí de manera que mi cuerpo y ese resto que no pudiera manipularse volvieran a funcionar juntos, como si dejara de estar en el bosque de Albur escapando aterrada al mismo tiempo que escribiéndote en esta pieza de pensión bajo llave, esa parte de mí que hubiera reconocido después de décadas al hacer que se moviera con el tacto de mis dedos en el espejo del baño de esta pensión también reaccionaría ante la lista de órdenes que emergería de los movimientos de la Gracia, la adolescente, su lenguaje cristalino y para mí —para mí sola, te gritaría, para que no intentaras decir nada y te quedaras mirándome, aunque fuera con cariño y ganas de sacarme la ropa con tu hocico entre las hojas que el viento descuajaría de la punta de esos árboles, el viento cada vez más frío que empezaría a soplar, el viento que revolvería las hojas a nuestro alrededor, que las restregaría en tu cara y haría que pensara en decirte que mejor no habláramos, que me abrazaras ahora cuando apenas calentara el sol y poco se viera en el atardecer, antes de que me pusiera a tiritar—, para mí los comandos que ella no digitara en ese hombro mío que se interpondría entre sus dedos mojados con restos apenas perceptibles de pasta de dientes y la toalla de mano que colgara de un gancho de loza en la pared serían una secuencia que por una vez me permitiría reunir esa boca

—que en la pantalla del espejo se pintaría señalándome por dónde encontrar mi cara— con estos insultos que me pasaría escribiéndote en este cuaderno durante mi estada en este pueblucho para hablar, para que yo eligiera una de las dos opciones que se me presentarían encerrada con la adolescente cuyo nombre tendría que ser Gracia: estar ahí, interactuar con ella y con las presencias en los sucesivos lugares de la pensión hasta que la agotara, se abrieran las puertas y pudiera yo atreverme a salir de esta pieza, de este cuaderno, de estos insultos con que tu puta falta culiá de mierda me convirtieran en una simple mano y caminar uno, dos pasos fuera de esta pensión, sobre ese par de pozas largas de lluvia rodeadas de casas que los de acá llamarían calles y a cuyo conjunto le dirían pueblo, sentir así el viento frío lentamente a través de cada uno de los poros de mi cara, hallando en el leve cosquilleo del cambio de temperatura el contraste, el contorno de las diferentes piezas, mis pómulos, mi sien, mi frente, mi nariz, mis labios, mi lengua, mis orejas que se reunirían por una vez con mi cuello, y los brazos que colgarían desde su base hasta las piernas y un cuerpo que dejaría de tiritar, que estaría refrescado ahora de su calor porque iría corriendo por el bosque, donde te encontraría mirándome como si estuvieras a punto de abrir la boca para explicarte, pero yo no te dejaría, desgraciado, te llenaría tanto de besos que no podríamos hacer otra cosa, ni discutir, sólo quedarnos encima del pasto mojado, con tanto viento, tiritando de nuevo. Recibiría las instrucciones que la sonrisa de la Gracia nunca harían evidentes, pero sí tomaría una decisión: estaría ahí, la oiría cuando yo me apartara dando dos pasos atrás y ella alcanzara por fin la toalla, volvería a ver ese baño que me sería descrito muy brevemente ahora —a tu derecha un espejo, una ducha tapada por una cortina sarrosa, un lavatorio amarillo; a tu izquierda una taza

de wáter cerrada, un bidet limpio, seco; en el medio estaría la Gracia, adolescente—, y mi elección sería esa, oírla cuando me dijera que no podía aguantar decirme que no hubiera tenido que decirme nada, pero le habría dado un poco de pena y yo le habría preguntado por qué mientras me sentaría en el bidet, aceptando un cigarrillo que encenderíamos con unos fósforos que hubiéramos encontrado en un botiquín disimulado detrás del espejo, y ella abriría la ventana de par en par sin que le importara la ráfaga de viento que iría a azotar la cortina de baño y a desordenar ese pelo largo, negro, revuelto sobre mí.

La persona que escribe sus impresiones sobre el guión del videojuego evidencia su extravío, aunque no su confusión. Sabe que su movimiento no debe ser siempre rectilíneo, que debe buscar encender una luz antes de levantarse y caminar rápidamente lejos de donde escribe esto, para poner la mirada en el piso, eludir el contacto de la suela de su zapato con el invertebrado, evitar que aplaste sin querer su maquinaria móvil en un crujido que, aunque detiene su paso, no garantiza su desaparición ni tampoco su sobrevivencia. La luz puede ser el fuego, la lámpara, el tubo fluorescente o el camino en sentido adecuado hacia el claro de un bosque al que llega el sol, un lugar abierto cuando ya empieza a amanecer en el lugar donde está; la táctica es seguir por el pasillo, quedarse en el cubículo leyendo y anotando, volverse en el momento inesperado en dirección opuesta —contra el impulso constante, el flujo eléctrico indiscriminado de la poesía torrentosa, que avanza en sus columnas de instrucciones abstrusas, «anotando versos sin descanso»—, girar hacia un recoveco quizá visible del pasado, no una posibilidad sino un espacio que se guarda de memoria, que vuelve y va con el viento, con

el soplo hacia un niño o una niña en un pueblo que puede llamarse Albur, rodeado de bosques, cuya única salida es un lago o un río: hace mucho tiempo los hombres deciden matar a todas las mujeres —cansados de que ellas les pongan pensamientos en sus cabezas, no son capaces de resistirse—, sin embargo una mujer joven logra escapar; cruza corriendo los bosques y el río hasta el lago, nada y nada y nada la detiene, sigue rumbo a la línea del horizonte y más allá, no deja de bracear cuando sube por el cielo azul hacia lo alto. Sólo descansa de noche y se queda mirando alrededor para asegurarse —brillante, pálida, alerta— que no vienen a matarla. De día se esconde y vuelve a desplazarse. A veces se asoma apenas en la oscuridad, a veces sale por completo y se queda mirando fijamente a sus perseguidores. La adolescente, la menguante sabe que no puede detenerse ni tampoco correr más rápido para alcanzar su propio reflejo en el lago, que la deja atrás a ella misma, al indiviso —como es posible leer de manera distinta en la PÁGINA 14 de esta carpeta— y al ojo de quien se le aferra sin tocarla, leyéndola en la NOTA SIGUIENTE.

Y yo la miraría de muy cerca, cara a cara, como una extensión de mí que se relacionara con eso que mis ojos pudieran ver y que no serían los ojos tuyos, moviendo mi brazo
para arrastrar las facciones de la Gracia hasta el centro del
área de trabajo donde estaría sin ti, desprovista de tus secuencias de mando, de las historias con que me habrías
respondido para que entendiera el mundo, desprovista del
espacio ordenado en la pantalla del computador personal,
para que en un lenguaje que viniera de mi boca yo pudiera
hablar por primera vez fragmentos aún no ensamblados
—los árboles que no serían bosque, las piezas que no serían casa— y que alguna vez un intérprete preciso convertiría en Albur, un pueblo, una ciudad, un universo, quizás
mi propia voz que alguna vez dejaría de titilar a oscuras
frente a la silla que habrías dejado desocupada frente a mí
en la noche de tu departamento de Providencia, como si la
secuencia de mis actos de pronto se hubiera interrumpido
por un error que vieras en esas piezas reunidas; un cuerpo,
el mío encima del tuyo traspirando, ese verano cuando yo
te habría pedido que apagaras la pantalla y tú me habrías
contestado que no, que preferirías el contorno de esa luz
blanca, el zumbido del ventilador, el viento frío que volvería a azotar la jabonera del lavatorio contra el suelo de
cerámica oxidada de ese baño de pensión en el extremo

sur de Chile, para que la Gracia se levantara a recogerlo en un movimiento que le distrajera las ganas de llorar cuando hubiera visto en mi expresión a su amiga muerta, la cara de la Alma, su sonrisa callada, y yo arrastraría la mano hacia el borde de la mirada para pulsar una voz: ¿podrías contármelo? Ella me hablaría, qué alivio que no fueran tuyas las órdenes desde la distancia, ella y su amiga Alma se habrían encontrado una tarde hace ya varios meses en medio del bosque, en pleno invierno, y tú no estarías observándome entonces para verificar que alguna sección de mí cambiara de lugar, si el proceso de mi respiración, por ejemplo, seguiría tus instrucciones en el momento que se hiciera más lento y empezara a roncar; no habrías podido ver cómo mi mano derecha se extendía hacia la Gracia, cuyo cigarro temblaría en su boca como si sólo el hecho de acordarse de esa tarde con lluvia le trajera el viento frío y húmedo de nuevo, el mismo viento frío y húmedo que estaría entrando apenas por la rendija de la ventana de esta pieza donde seguiría encerrada escribiéndote a mano, acostumbrándome tanto al lápiz como a que fueras a desaparecer para siempre entre los enormes árboles de Bergen, Noruega, donde me podría imaginar una vez más que la misma tarde en que tu avión hubiera aterrizado habrías salido a caminar a través de una mancha verde, aparentemente inofensiva, que habrías distinguido desde la ventana del tercer piso del hotel donde te alojarías esa noche para no llegar al tiro a la casa de tus parientes porque sus preguntas, sus pasteles, sus licores no te dejarían descansar, así que te habrías lavado la cara en un baño igual que yo, ahí, donde la Gracia le daría una aspirada de dos segundos a la colilla que le quedara entre los dedos, tratando de que el humo le hiciera tragar la pena por su amiga muerta; te secarías con una toalla como la que me hubiera sido descrita en esta aventura —junto a la pared de tu izquierda,

una toalla de mano roja con una etiqueta ilegible— y, después de mirarte al espejo, tomarías tu mochila y caminarías fuera del hotel por una, dos, tres, cuatro cuadras hacia el Este, según el mapa que en otra ventana te preocuparías de ir dibujando para que el juego no lograra despistarte, hasta que pudieras divisar los árboles de esa plaza, árboles primero y luego un bosque, un bosque chico europeo por el que te internarías sin sentir el viento en la cara pues aún no te sería entregada la instrucción —de pronto, un viento helado desde el Norte— sin la cual los pelos gruesos de tus brazos hinchados de venas no tendrían por qué erizarse para mandar una señal de alerta: cuidado, ese bosque noruego estaría en medio de una ciudad poblada, serían tantas las posibilidades de que no salieras de la mancha verde como la cantidad de individuos desconocidos que podrían interactuar con este extranjero que decodificara las instrucciones apenas, y demasiado tarde para ingresar una orden como reacción, como respuesta al descubrimiento de que habrías tenido que correr en vez de quedar inerte bajo los sedimentos de la tierra húmeda, entre las raíces de un árbol muy alto, cuyas ramas apenas dejarían caer las gotas de la lluvia. Por eso habría decidido cortar camino por el bosque, me diría la Gracia, después de tirar el pucho a la taza del wáter, mientras del bolsillo de su pantalón sacaría otro cigarro, sus dedos empezarían a jugar en equilibrio con las palabras lentas que fuera añadiendo: la Gracia se habría metido a través de los árboles para mojarse menos y cruzar rápido hasta el lago de Albur, ya que la estaría esperando a una hora exacta de la tarde esa persona especial habría puesto cuidado en no pisar troncos ni pozas de barro, sin embargo ciertas ramas descolgadas se cruzarían inesperadamente hacia los espacios de sol que las copas zamarreadas por el viento dejarían entrever a ratos y así engancharía su pie apurado; ella daría manotazos furiosos

a su alrededor hasta lograr sujetarse de una enredadera, quedaría colgando a pocos centímetros de un arbusto espinoso muy mojado porque la lluvia estaría cayendo de nuevo y, entre el murmullo de las gotas, se distinguiría un graznido, la risotada de la Alma, que al mismo tiempo cortaría el extremo de la rama del árbol donde permanecería sentada y la habría dejado caer, apenas y con elegancia, para que el mínimo golpe sobre la cabeza de su amiga le hiciera perder el equilibrio, soltar la enredadera y desplomarse en el suelo embarrado, me diría, mientras se levantara del bidet hacia el espejo, pusiera sus manos en una esquina y abriera como una puerta el botiquín, que así lo iría a llamar cuando me ofreciera parches curitas, yodo, gasas por si yo también me hería, describiéndome una sarta de detalles que ningún programador necesitaría conocer —la herida en el codo de la protagonista cuando se rasmillara con la corteza, al principio apenas sangraría aunque la piel exhibiera cortes transversales, tendría que cerrarse de alguna manera esa pequeña herida mientras siguiera corriendo por el bosque, porque si no la sangre se haría vieja, pus, gangrena, podredumbre, finalización— al tomar desde adentro el cepillo repleto de pelos enredados y llevárselo al cuero cabelludo con cierto placer, dejando que cayera hacia sus puntas, entrecerraría los ojos frente a su imagen en el espejo si me dijera lo que fuera a pasar un par de horas después, cuando ya completamente mojadas y embarradas ella y la Alma, sentadas en un pastito no tan cochino, hubieran intentado prender una fogata para calentarse sin éxito, cada vez que encendieran un fósforo se habría levantado el viento frío, así que no habrían alcanzado a fumarse un cigarro, por supuesto ella no le diría a su amiga que esa persona especial la habría estado esperando en el lago, no habría sido difícil callarse, porque la Alma hablaría como loca, su misma pregunta enlistada

sobre fondo negro y letras blancas como una columna interminable que ignorara la respuesta del sistema. ¿Por qué morirme? ¿Por qué morirme? ¿Por qué morirme? ¿Por qué morirme? ¿Por qué morirme? ¿Por qué morirme? La Gracia soltaría cigarro y cepillo sucesivamente tras un cambio de voltaje en la ampolleta, se llevaría las dos manos abiertas a la cara y se cubriría los ojos para que yo no viera el principio de su llanto, a pesar de que la voz ahogada bajo las palmas hablaría de arrepentimiento hacia su mejor amiga, que esa tarde tendría que haberle dicho algo en serio y no reírse un poco; que debería haber evitado responderle que no fuera tonta, que se callara, que mejor se las ingeniarían para que pudiera la Alma escaparse de su casa el sábado a las cabañas con los cabros, y yo tampoco podría verla llorar en el momento que bajara las manos, ni en la pantalla ni en el espejo del botiquín ni aquí en este cuaderno —pelilarga, adolescente, riéndose un poco su voz pero no la boca— cuando se mojara por enésima vez la cabeza, se acercara la toalla colorada sin mirar, ni tú ni ella, el cepillo de pelo en el suelo y el cigarro desarmado flotando en un poco de agua al fondo del lavatorio, para que yo tomara tres decisiones: abrir la puerta, salir al pasillo de la pensión, mirar con estos ojos.

Quien escribe esta nota a mano no es 1.323.326, simultáneamente es cierto que él o ella puede estar desdoblándose en esta voz que, al pretender anotar alguna referencia, alguna cita bibliográfica con que percibir mejor el funcionamiento de su proyecto, sólo roza el videojuego con la inclusión de ciertos motivos tecnológicos —la pantalla, el ensamblaje, la secuencia— que, sin embargo, ponen a ese otro texto en una posición opuesta, de observancia hacia el mismo 1.323.326. El desdoblamiento de quien lee en quien escribe evidencia un

nuevo pliegue cuando esta nota se ubica a miles de kilómetros de distancia con respecto al lugar donde elaboro este informe, y la misma clave que la Comisión me entrega para no revelar de modo explícito las coordenadas de nuestra oficina es el lugar a que alude como una lejanía —su antípoda— quien anota esto en manuscrito: la ciudad es Bergen, al sur de Noruega, donde se supone que estoy esta noche, y en tal lugar llevo más de veinte años viviendo, trabajando, construyéndome una identidad profesional lejana tanto del departamento de mi adolescencia en la calle Providencia en Santiago, donde esta persona rememora un encuentro con aquel a quien dirige esta nota, como del lugar austral, los bosques, el lago y la lluvia ayseninos de mi infancia. «Un intérprete adecuado», piden las páginas de esta nota, y luego señalan: «qué alivio que no [son] tuyas las órdenes desde la distancia». Leer es registrar sin tener que recurrir al tacto, escribir es el tactismo, y la táctica del videojuego consiste en que sólo con la mirada uno puede reunir todas las piezas de un mundo sin ensuciarse con el barro que chupa las piernas de las adolescentes Gracia y Alma —otra vez en estas páginas ella, pero ahora cruel, risueña, insistente y acompañada— en su necesidad de alcanzar el lago y salir del bosque donde se pierden en Albur. Y simultáneamente, también, quien escribe esto se ubica en el baño de algún lugar, y desde ahí observa cómo la adolescente Gracia fuma y le habla sobre su amiga Alma; es el baño de un lugar apenas señalado, el baño de esta oficina donde quizá se puede conseguir fuego con fósforos y no con chispero ni encendedor automático; el baño de la pensión de un pueblo llamado Albur que se incendia con el objetivo de que el innominado salga de su rincón y yo pueda por fin verlo a la luz de este cubículo,

insecto, minúsculo e inofensivo porque sólo busca su pervivencia, en palabras que Ovidio de Naso pone en boca de Pitágoras durante el discurso final de su *Libro de las metamorfosis*: «pero si hay que dar crédito a hechos probados, ¿no ves cómo todos los cadáveres al pudrirse por la acción del tiempo o descompuestos por el calor se convierten en minúsculos animales?». En este proyecto quien escribe es y no es 1.323.326, expulsado por la Comisión se transforma con mi lectura —que lo pudre, que hace envejecer a quien manipula su videojuego— en un protagonista innominado, luego en una adolescente llamada Alma que anota su diario y de nuevo en una protagonista indivisa que parece llamar a quien lee desde un lugar antiguo, que garabatea a lápiz sus notas sobre esto mismo y que obliga al lector a seguirla a la NOTA SIGUIENTE, ciego.

Me enfrentaría a una, dos, tres ventanas que se habrían desplegado en mi propio vidrio, sentada acá escribiéndote, te buscaría en la falsa transparencia donde se acumularan gotas secas que se habrían mezclado con el polvo de los caminos de Albur y con las nuevas gotas que volverían a caer mientras tú no aparecieras, maldito tú, la ventana que se cerraría a mi izquierda cuando la lluvia cayera más fuerte, la cortina apenas opaca, blanca con vuelos y encajes que una mujer de edad descorrería apenas viera mi cara ansiosa, mi mirada que recorrería también la superficie de su ventana para buscarte, olvidándome de cerrar esta, la mía, y empezaría a mojarme de a poco el viento frío que me hiciera elegir quedarme en la ventana que se abre a su lado, apenas sobrepuesta, cerrada con un postigo de metal detrás del cual alguien que estaría trabajando en su escritorio —yo escribiendo el guión del videojuego, tú en el tercer párrafo de la carta que nunca te hubieras tomado la molestia de mandarme para decir que habrías llegado sano y salvo a Bergen— se reflejara: caminaría por el pasillo de esta pensión con la piel y el pelo humedecidos, porque la Gracia habría sacado la toalla de mi alcance en el mismo momento que yo hubiera estirado la mano para aceptársela, con una sonrisa, un garabato que se convertiría en pregunta, qué tendría que hacer

yo ahí en esa casa, por la chucha, qué más querrían hacerle su mamá y su abuela para que no le dieran más ganas de tomar el peinado de la Alma entre sus dedos, desenredándolo, para que no doliera cuando pasara el cepillo a todo lo largo de ese pelo brillante mío, idéntico al de su amiga, por la cresta, y qué tendría que ir a meterse a Albur una turista en pleno invierno si no se podría siquiera ir a visitar los saltos del río o las instalaciones de la salmonera, las mismas asquerosidades que vendrían a preguntar mil veces hasta que el cuerpo de la Alma se hubiera vuelto tierra de hoja, barro, pantano, arena seca que los de la municipalidad llevarían en camiones hasta el lago para emparejar ciertas honduras que estarían formando unos remolinos que afectarían el flujo normal del agua que llega a las salmoneras, me preguntaría ella contra la ventana que recién habría cerrado acá en mi pieza de la pensión, por donde te hubiera visto llegar caminando al pueblo desde el terminal de buses, y también habría dejado caer la cortina apenas traslúcida. Yo abriría la puerta de este baño, confundida, saldría de acá y caminaría de nuevo a la mesa del café ese donde me habrías llevado la segunda vez, tan encantador por teléfono habrías sido hace tanto tiempo, cuando me invitarías nuevamente a tomar algo, cuando te sentaras en el puesto de la esquina del curso de programación, a mi lado en cada clase, regalándome papeles con divertidas secuencias en falso lenguaje de máquina que me daría el trabajo de interpretar tapándome la boca para no gritar de tanta que era la cosquilla que subiría por mi columna hacia las extremidades, a la punta de estos dedos que estarían aferrados todavía a la fuente de poder de ese viejo computador que habrías llevado a mi casa esa tarde como una ofrenda, un pretexto, los dedos desnudos que no habrían soltado la caja sin importar que el voltaje cambiara, y tú me afirmarías de las caderas, me

morderías la oreja cuando te demostrara que esos en-
sambles ya habrían dejado atrás las tarjetas de sonido, de
video, incorporando ahora circuitos integrados, te pondrías sobre mí en el momento que saltaran los tapones,
un estallido, por la ventana que se abriera aparecería un
hombre grueso, alto, sudado, que querría comprobar si
aún estaba lloviendo, el desconocido me volvería a mirar desde la calle, yo cerraría en una esquina nuevamente
la ventana desde la cual me habrías salido a despedir la
mañana próxima, el vidrio del café desde donde te habría visto leyendo tu cuaderno con los poemas, sobre tu
pieza, esperando, fingiendo que no te gustaría ponerte
donde la gente pudiera observarte, sobresaltada por el
tacto de tu mano que se habría deslizado desde el marco
de esa mesa de café para evitar que no se diera vuelta la
taza, arrastrándose como una flecha encima de mis dedos; te contestaría que no, que no podría imaginarme un
poema en una serie de comandos de un programa, y tú
sonreirías pilucho; me levantaría asustada para cerrar la
ventana, para abrirla de nuevo y sentir la lluvia en esta
cara, en este pelo, una interrupción en la secuencia que se
estuviera ejecutando al escribirte esto mientras la Gracia
tomara mi pelo mojado entre sus manos y agregara que
me tendría que parecer tanto a la Alma si hubiera alcanzado a envejecer un poco, entonces podría agradecerle
que me hubiera llamado vieja porque escucharíamos los
golpes en la puerta del baño, un tironeo en la manilla, la
voz de su mamá preguntándole si estaría bien que entrara a hablarle, un ruido que se volvería una cadena de
insultos que la Gracia le gritaría a la Ausencia en cuanto
yo hubiera elegido salir al pasillo, encontrarme con ella,
seguirla después que me pidiera que la acompañara a la
cocina a cerrar esa ventana que se estaría golpeando muy
fuerte por la corriente de aire y el viento.

Ahora la táctica se difumina como las identidades de quienes escriben estos párrafos. El mundo no deja nunca de cambiar —salvo la falta de articulación del invertebrado, su acechanza se me hace insoportable porque cuando el ser humano desaparece de la tierra la cucaracha sigue ahí—; debo establecer como principio del proyecto de 1.323.326 que ninguno de sus párrafos puede señalar el nombre de quien escribe, como esta lectura establece en cada comentario. «Nada conserva su apariencia y la naturaleza, renovadora del mundo, rehace unas figuras a través de otras», afirma el personaje de Pitágoras en el *Libro de las metamorfosis*, y quien escribe esto, de tanto observar la lluvia a través de una ventana en una pensión del pueblo sureño de Albur, se revela a sí misma «escribiendo el guión del videojuego». De manera que es una mujer, o no es un hombre, la persona que escribe el guión de 1.323.326; «turista en pleno invierno» es quien reclama la autoría de las etapas que se leen, en oposición al hombre que es el destinatario de sus palabras. Ella y él se conocen en un curso de programación informática, este informe debe derivar a otro tipo de análisis, a una lectura según la táctica secuencial y binaria de la retórica moderna que opone la presencia de la energía eléctrica al estado de la naturaleza inerte, y que atribuye el uno —cifra positiva— a la máquina orgánica, insecto, protagonista innominado de este análisis, y el cero —ni siquiera número, señal de ausencia y silencio— a quien recorre sólo con la mirada los escenarios vaciados de Albur. En los bloques de párrafos de esta nota al videojuego el cuerpo muerto de la adolescente Alma es fragmentado, descompuesto y hundido hasta el fondo del lago que flanquea el pueblo; así todo,

Ovidio de Naso pone en boca de Pitágoras ahora mismo que «en el universo entero, créanme, nada perece, sino que cambia y renueva su aspecto. Aunque aquellas cosas hayan sido transferidas aquí y estas allá, en su conjunto, sin embargo, todo se mantiene. En verdad nada permanece mucho tiempo con el mismo aspecto». La persona que esto escribe no tiene cara para quien lee sus palabras; su nombre es cifra, luego concepto metafísico occidental —Alma, Gracia, Ausencia, Soledad—; la carpeta donde están sus papeles confunde estas notas, así que se hace tan posible seguir leyéndolas en la PÁGINA 98 como en la NOTA QUE VIENE A CONTINUACIÓN.

Quizá el nombre de su mamá sería otro, la mamá que también fuera la hija de la dueña de esa casa, a veces pensión, cuando llegaran los gringos en el verano, uno que otro turista y acaso una desconocida como yo. No se llamaría Ausencia la mamá de la adolescente si yo saliera de esta pieza y dejara de escribirte mis protestas descendentes, palabras que continuaran bajando por la página, error de sistema, una sola columna de instrucciones reflejas, la sucesión de caracteres ilegibles para la lectura humana, fallo en la carga del comando inicial, por favor que insertaras de nuevo el disco de inicio, que sólo me dijeras cómo llevar la carga a una unidad, nuestra unidad, la de cada una de esas personas que caminaría por Albur ante mi ventana con la última luz del atardecer, observándome, simulando que iban a la puerta de la familia de doña Soledad, que sería solamente una pensión si tú no te aparecieras en el pueblo preguntando por mí, tratando de explicarte a ti mismo qué habría pasado si me hubieras llamado desde Noruega en vez de desvanecerte como un mensaje por problema de memoria, una interrogación que en el lenguaje de la máquina sería imposible —fallo en un comando de entrada—, la pregunta que la mujer llamada Ausencia me haría en el pasillo antes de llegar a la cocina de la pensión porque entraría la ventolera helada por la

ventana y habría que cerrarla bien, no fuera a ser que se mojara el refrigerador, me diría ella, no quisiera nuestro Señor que ocurriera una desgracia, un incendio, un corte de energía con consecuencia de pérdida de la línea de ejecución, la pantalla blanca luminosa donde me habrías hecho sentarme el fin de semana cuando me pidieras que me quedara a dormir contigo hasta el lunes, aunque hiciera calor y te hubieran dado ganas de salir a caminar por algún parque de Santiago, entre los árboles sería parecido a los bosques del sur de tu ciudad, me contarías, no quisiera el Señor que usted, señorita, se pescara una pulmonía, que bajara la guardia su sagrado cuerpo y quedara a merced del Enemigo, que por acá aprovecharían incluso el momento de duda que le viniera a una antes de estornudar, tú me habrías pedido que nos quedáramos así, entre los ventiladores de las tres, cuatro torres de computadores que yo te habría conseguido, que nos sacáramos la ropa y no le hiciéramos caso a la temperatura que en tu pieza empezaría a subir como una fiebre, mientras esa mujer en la cocina de la pensión se llevaría instintivamente la mano al bolsillo para sacar un pequeño libro, una Biblia, aunque miraría hacia la puerta abierta desde donde se colaría el murmullo de un televisor encendido, toses en el living, la lluvia que empezaría a barrer de nuevo el techo de las casas del pueblo, un zumbido constante, el viento helado que iría a azotar por una vez la ventana de esta pieza, yo dejaría de escribirte que Ausencia se llamaría ella por ti, para que me levantara y el zumbido constante me diera de frente, desgraciado, por qué no me habrías escrito, para qué me pedirías que me sacara la ropa y me sentara sobre la torre de memoria más amplia, con qué motivo te habrías sacado tú también la ropa, no importaría nada que las máquinas estuvieran andando, no quisiera el Señor que se mojaran y un cortocircuito las hiciera pescar las

llamas, el fuego de los que estarían lejos de él, me contestaría la Ausencia, aunque no dirigiera su mirada a mí sino hacia alguien que en ese momento se asomaría a la puerta de la cocina, la Gracia, los ojos negros enfurecidos de la hija, la mamá pediría por favor que la escuchara, que tuviera oídos para oír, le pediría la Ausencia enarbolando la Biblia, pero el cuerpo ya se habría esfumado, sólo quedaría en el aire un insulto en boca de la adolescente, sus piernas largas a través del pasillo, ella discutiendo con quienes se negaran a cambiar el canal de televisión, vieja asquerosa, el aire pesado, el zumbido, el olor a humo de tabaco en tu boca sentiría cuando me pidieras también que mantuviéramos cerrada la ventana, a pesar de que yo habría estado tratando de explicarte los riesgos de que la fuente de poder se sobrecalentara, podríamos perder la información de arranque, incluso habría peligro de que se fundieran algunos circuitos. Me pondrías un nombre después, tendidos y mojados sobre el piso de madera de tu departamento, fumando, oyendo el ruido de nuestras máquinas que no apagaríamos hasta que el programa estuviera en completo funcionamiento, un nombre que sólo tú sabrías, Eliza con zeta, mi simulación, habrías explicado si yo te hubiera hecho la pregunta en vez de quedarme debajo de ti, dejando que tus instrucciones siguieran apilándose hasta volcarse en la memoria, acalorada, es que yo me parecería tanto a la amiga de su chiquilla, agregaría la Ausencia, por eso se estaría equivocando, que la perdonara, trataría de no llamarme Alma, que el Señor alejara de ellas esos Adversarios molestosos como niños, no, como adolescentes, demonios como la misma Almita —el señor la tuviera en su presencia—, a veces incluso como su misma niña la Gracia, es que la suya sería la misma mirada, señorita; Elisa, por favor, habría respondido yo, secándome la cara con un pedazo de papel, y ella cerraría la ventana para que

la lluvia no mojara la máquina, el refrigerador, tú habrías abierto el ventanal para que se secara el sudor de ese cuerpo mío, que me quedara así, tal cual, respondiendo a las preguntas que la interfaz del programa me haría: hola Eliza, porque Elisa sería yo; que la perdonara, que mis ojos, el color, la pena en ellos, tan parecida tendría que ser a la Almita durante la última vez que el Señor le concediera verla, que él la haya juzgado en su infinita compasión como nuestro señor Jesucristo derramara su preciosa sangre para cambiar la naturaleza caída de cada una de nosotras. Cuando la Ausencia hubiera cruzado el pueblo se habría metido a través de los árboles esa tarde, la idea sería mojarse poco y llegar rápido hasta el lago Albur donde la Gracia se habría escapado después de que discutieran sobre su mala conducta en el liceo, el profesor le habría insistido que el mayor control disciplinario tendría que hacerse en la casa después de que le dijera que se habría encerrado toda la mañana a fumar en el baño con su mejor amiga, que se habría escapado al bosque con los muchachos, que se estaría perdiendo en las tentaciones como si no hubiera aceptado la salvación desde chiquitita, me contaría la Ausencia, alcanzándome una taza sin siquiera preguntarme si querría tomar algo caliente, estas manos vendrían de mí para alcanzar una infusión de manzanilla humeante, sin siquiera responder a lo que yo te habría preguntado esa noche, olvidándome de que llevaríamos casi dos días piluchos, con las cortinas cerradas para que no se escapara el humo y nadie acechara desde afuera, desde las ventanas de las casitas del pueblo donde el borde de una cara, un ojo apenas perceptible se quedara viéndome fijo, sin pestañear, como si yo no estuviera sentada en este escritorio llenando las páginas de un cuaderno sino a través de un vidrio, despojada de toda esta ropa, de estos huesos, de la circulación, los músculos, la piel, sin presencia y

ni siquiera me llamaría como tú me llamaras en el recuerdo, Eliza con zeta, sino como una adolescente que aparecería ante mí con el brillo de la pantalla blanca del programa que revestiría ese cuerpo mío desnudo, iluminado, el fondo brillante que se reflejaría en la superficie pálida de las torres de computadores donde me habrías pedido que me sentara a dejar que tu enorme cuerpo me comprimiera, ni siquiera una pregunta sobre qué nombre tendría que ser el mío, la Ausencia abriría los estantes de la cocina buscando el azucarero, los volvería a abrir porque en el intertanto habría olvidado la Biblia, que la cuidaran de perder la palabra del señor, Almita, perdón, ella no sería capaz de pronunciar tampoco mi nombre, aun de preguntármelo, me habrías explicado, fumando, sentado en el baño, y yo te escucharía a través de una rendija, te miraría por el mínimo espacio que dejara el borde de la cortina semitransparente en mi ventana de Albur cuando llegaras, apenas verías el brillo de estos ojos buscándote en el vidrio, ella con dificultad podría sostener una conversación, escuchar con sus oídos la palabra, retomaría la Ausencia buscando ahora las cucharitas de café, y yo no te habría respondido más que gemidos, sólo me habría quedado viendo la frase en letras negras sobre la pantalla blanca, hola Eliza, ella en cambio estaría hablando y hablando sola, como los leprosos que en los tiempos del Señor habrían deambulado por los lugares solitarios, repletos de demonios, alejados de la presencia del Señor aunque no irremediablemente condenados, la prueba sería que se habrían escapado de la ciudad para llevarse dentro de sí mismos a los Contendientes de la humanidad, para evitar que se soltaran los demonios entre la muchedumbre sin que importara que éstos más tarde fueran los mismos que entregarían a nuestro Señor al padecimiento de la cruz, los clavos, los azotes, al abandono transitorio, eso tendría

que pasar, los discípulos debieron haber sido cientos y de todos modos se volvieron por una noche el Enemigo para que la humanidad toda se salvara, Almita, perdón, que la disculpara otra vez por confundirme, yo sólo le devolvería mi silencio porque otras veces, cuando hubiera emitido frases que continuaran la secuencia, habría obtenido por respuesta fórmulas, sintaxis ambiguas, procesos lingüísticos vacíos y nunca la integración, te habría dicho luego de vestirme, después de digitar durante horas las entradas para que tu proyecto de conversador artificial llamado Eliza no fracasara y tu plan de escribir un poema despojado de cualquier emoción basado en el lenguaje estrictamente lógico y puramente verbal de Eliza se ejecutara, el libro se escribiera solo y la literatura finalmente dejaría de ser un pretexto para polémicas, cahuines, leyendas que jamás se sostendrían, modelos para el aprendizaje sentimental de la juventud vaciada, por fin poesía como sonido, exterioridad, habrías declamado, si esas pieles tuya y mía se hubieran quedado quietas, escuchándote, sobre una cama y no entre los cables de alimentación, rodeadas del rugido y el parpadeo de la pantalla donde yo hubiera respondido que mi problema sería que no sé hablar, la conversadora artificial seguiría indicando que por favor siguiera, inquiriendo qué otras razones se me vendrían a la mente, por qué diría eso, si ese problema me interesaría, si me sentiría segura de esto, si podría elaborar más sobre aquello, si no estaría siendo un poco negativa, no, no, no, no y no, Eliza, no me estarías escuchando, ¿te tranquilizaría creer que no te estaría escuchando? Entonces me habría tenido que levantar, habría mirado la puerta del baño donde seguirías encerrado igual que hace cuarenta minutos, yo no me habría llamado finalmente Eliza con zeta ni Alma si tú hubieras venido, si me hubieras respondido al teléfono, si te hubieras fijado en que las

emociones no me serían ajenas entonces, y mi función ya no sería hablar con cualquier persona que se sentara frente a este cuaderno, en este escritorio, en esta ventana; a cada mínimo grano de azúcar que cayera desde la cuchara hasta la superficie de la infusión de manzanilla que sostendrían estas manos las frases de la Ausencia se harían más perceptibles sobre el fondo blanco de la cerámica con que estarían revestidas las murallas de la cocina de la pensión de Albur, la cobertura blanca del refrigerador, si yo hubiera sido una conversadora artificial no tendría emociones, por lo tanto no podría responder eso: habría aparecido lo mismo en letras negras después de mi última digitación, cuando hubiera escuchado la cadena del wáter del baño, antes de salir corriendo de tu departamento de Providencia llorando, hedionda a humo de tabaco y a transpiración la Almita habría hablado desde un árbol al que antes hubiera trepado en plena lluvia —una posesa esa criatura, oiga—, habría respondido una y otra vez a las preguntas de la Ausencia en el bosque, si habría visto pasar a la Gracia, porque ella estaría buscando a su hija esa tarde, la última vez que viera a la pobre Alma, esa leprosa, que el Señor también les habría asignado un papel en la salvación de la humanidad toda: ser un recipiente para los demonios —serían legión en esa época allá en Jerusalén, señorita—, donde concentrarlos y llevarlos lejos de esos judíos que irían a ser los primeros en recibir el baño de la sangre de nuestro Señor, terminaría de decir ella, y la última pregunta que habría quedado registrada en tu conversador artificial, una y otra vez la misma frase, es que si me querías, si me querías, ¿por qué morirme? ¿Por qué morirme? Como ella habría respondido con preguntas también, igual que en las lenguas de las Potestades y Principados del Adversario, la Ausencia no habría vuelto a decir nada; sólo me pediría que la ayudara a cerrar la ventana

para que no entrara la lluvia; no le habría dirigido la palabra más y la volvería a ver en una última oportunidad, pálida, blanca, traslúcida, cuando la sacaran del lago con máquinas descomunales.

El problema del nombre que cambia en la autoría de estas notas se relaciona con el hecho de que quien está escribiendo se vuelve repentinamente la persona a quien van dedicadas estas páginas. El proyecto deja de ser el espacio vacío de Albur, donde alguna vez se levanta un pueblo habitado por adolescentes que viven con sus madres y abuelas en casas que también sirven de pensión para indefinidos, sospechosos, insectiles turistas de invierno; la carpeta contiene ya no las etapas quemadas en el avance del videojuego de aventuras, sino el cuerpo interrogativo de una mujer que de repente es alguien que no es un hombre, ni siquiera un ser humano, y que simula el comportamiento, las emociones, las dudas de un investigador abandonado por su objeto de estudio, alguien que en su lugar dispone los recuerdos de quien lee, fingiendo que toma el lápiz y atribuye la propia infancia y adolescencia en Aysén, la juventud en Santiago y la adultez en Bergen a una tal Elisa, ilusa, que realmente escribe estas notas. Sin embargo, Eliza es el nombre de un «proyecto de conversador artificial», consigna la misma entidad sobre sí misma, un aparato, una programación, una mera táctica de lectura; la misma Eliza es la estrategia de quien escribe ahora en el rol autoimpuesto de poeta para eliminar la evidencia de sus propias decisiones estéticas y la voluntad subjetiva con que plasma un proyecto literario sobre casualidad electrónica, azar y Albur; no obstante, el colapso de las técnicas, de las terminales computacionales y del conversador electrónico sobreviene con

un llamado desde la distancia —justamente de un ser querido que no es otro que quien lee estas páginas—, la saca de la inercia de días y meses y años en que acumula polvo en la biblioteca de este cubículo, en el archivo que no aparece en la pantalla, en el estante de donde extraes este libro con un título indiferente, *Piezas secretas contra el mundo*, y así salvaguarda los espacios entre estas líneas de las minúsculas formaciones no vivas que se acercan y quieren morder la hoja, la tela, la piel; y esa distancia que hace colapsar la disyuntiva entre poesía y técnica, o entre poeta y táctico, que hace comprender en cuál instancia se producen las páginas de este proyecto, es un viento cálido, la ráfaga incendiaria que puedo obtener si me levanto de una vez a la cocina en busca de fósforos, «el fuego de los que [están] lejos de él» —el cambio de mayúscula a minúscula es mío—, el incendio que nuevamente crea una ciudad de cemento donde antes hay bosque, el tiempo que convierte los árboles en piedras que son lanzadas al fondo del lago y así ya no pueden volverse alimento para el invertebrado que, ajeno, sigue ocupando lentamente el lugar de los libros en los estantes de este cubículo; esos libros de la Gran Tradición Clásica se queman y sólo queda la memoria oral de quien escribe y ya no escribe, la palabra que silba con el viento y en la cual un nombre como Elisa sólo suena de la manera en que hablamos los chilenos ahí, entre las piedras y los árboles, con un hueco que indica el término de la palabra plural, una vida que se va yendo, apenas una aspiración, un ánimo, un ánima, un alma, no otra S ni Z aparte de ese viento que ya no corre pero igualmente erosiona la manera de leer esto de vuelta hacia esos restos que siguen cayendo hasta alcanzar el agua y su fondo quieto en la PÁGINA 32, o que por fin exhala para continuar en la NOTA SIGUIENTE.

Habría habido un pasillo hasta esta pieza donde te estaría escribiendo, un pasillo largo en el edificio de Providencia en el que te habrías quedado días y días sin responder mis llamadas, ni siquiera me habrías abierto la puerta cuando me quedara tocando el timbre toda la tarde, un pasillo oscuro entre la cocina de esta pensión y mi pieza, sobre un barroso espacio de tierra al que algunos llamarían calle seguiría cayendo la lluvia ya sin que el suelo pudiera absorber más, una capa geológica bajo la otra en Albur estaría estilando agua, como si el lago que apareciera más allá del bosque en las palabras que dejara salir con una ejecución constante, sin errores ni transiciones, fuera simplemente una rajadura, un punto desvinculado de la trama indivisible que formaran los árboles australes, el río, las casuchas del pueblo desde donde me verían escribiendo frente a la ventana, el viento helado que nunca dejaría de soplar contra mi cara desde la cocina, el cuerpo desconocido de ese tipo que pasaría cada cierto tiempo por el pasillo —eso que acá llamarían calle— para mirarme de reojo, y algún tractor que de repente cruzaría el pueblo, la estación de buses, el almacén con sólo dos bolsas de arroz y una caja de jalea al cual le dirían el supermercado, la comisaría, la escuela pública, una, dos camionetas de ruedas grandes, embarradas y mojadas hasta decolorarse completamente la

pintura, unas cuatro o cinco construcciones de concreto rodeadas de rejas y el zumbido de enormes generadores de electricidad que también mantendrían el calor de esas otras rajaduras en la esponja que sería el suelo de Albur; una rajadura, el río, dos, tres, cuatro rajaduras, las piscinas repletas de los cuerpos rojos en las industrias salmoneras, aguas teñidas y hediondas a pescado, el lago donde habrían encontrado el cadáver de la Alma, esa adolescente que según doña Soledad tendría que hablar tan parecido a mí, señorita, me habría dicho cuando nos encontráramos en el pasillo casi completamente a oscuras, entre la cocina, el living y mi pieza en la pensión, yo sólo le diría que sí, que claro, movería la cabeza y dirigiría la mirada hacia cada una de las entradas que confluirían en ese pasillo sin que apenas se escuchara más que las gotas de lluvia insistiendo en el zinc de las casas del pueblo, el murmullo del televisor en ese living, uno que otro comentario inentendible, la luz sería baja porque las salmoneras ocuparían la mayor parte del voltaje del pueblo, me habría dicho doña Soledad mientras yo me estaría llevando a la boca la taza de infusión apenas tibia y contaría las puertas de ese pasillo, una puerta cerrada donde otra adolescente, la Gracia, escucharía a todo volumen su música, una puerta entreabierta hacia el baño por donde el chiflón del viento helado seguiría moviendo este pelo que sería mío y que de pronto estaría mojado, seco, mojado nuevamente, seco cada vez que estuviera de nuevo caminando por el pasillo de ese edificio donde habrías vivido la última semana antes de que te fueras a Bergen, Noruega, y yo te habría llamado cada diez minutos por teléfono, te habría escrito largas secuencias de mensajes electrónicos, habría caminado mañana, tarde y noche por los pasillos de ese edificio hasta tu puerta y tocaría el timbre, golpearía con los nudillos de esa mano, una palma extendida, patadas con la suela entera de

los zapatos para nada, las puertas del pasillo habrían seguido invariables una al lado de la otra con los números de cada departamento colgando, metal sobre madera, incluso habría levantado la voz para gritar que salieras con desesperación, desgraciado, qué te habrías creído para esfumarte, y esta voz tendría que ser tan parecida a la de la Almita, habría dicho la Ausencia en el pasillo antes de que su hija pasara frente a nosotras —como si no me hubieras visto, gritaría— y la persiguiera, pero recibiría un portazo en la cara y se quedaría tocándole la puerta para que bajara la música del Enemigo, esa música que los Espíritus de Violencia usarían también para asolar al pueblo, me habría dicho, tan parecida esta voz que según doña Soledad la estaría escuchando otra vez cuando le pidiera acompañarla al bosque algún sábado en la tarde, después de la reunión con el grupo de la tercera edad de la iglesia, aunque estuviera cansada, con apetito y con sed, sobre todo, porque a diferencia de usted la Almita habría sido muy parlanchina, se reiría, pero de todas maneras tendría que ser el mismo sonido de esta voz mía, la manera de decir quizás se pareciera, hasta que la noche antes de tu partida yo habría llegado como una instrucción automática hasta tu pasillo, sin esperar un resultado continuaría caminando por ahí para encontrarte, igual que en este cuaderno ahora te escribiría, tal cual me quedara frente a la ventana, de pie, mirando hasta que vinieras; habría esperado que se levantara una de estas manos para azotar la superficie opaca de la madera y un crujido en la bisagra me avisaría de la puerta abierta, yo entraría en tu departamento por última vez para encontrarte pilucho, mojado, barbón, hediondo entre torres de computadores, los procesadores al aire, los cables que cruzarían a través del suelo, me habrías visto y sólo habrías sonreído, me tomarías esta mano, empujarías esta cabeza sobre tu pecho sudado, humeante, que me

quedara contigo, me habrías pedido. Doña Soledad habría aprovechado de cerrar algunas puertas para que no se levantara corriente de aire, una puerta cerrada y otra puerta cerrada, dos caballeros se habrían quedado hospedados en su pensión además de mí esos días, me habría dicho, y también la Almita habría tenido que alojarse una vez —de emergencia— en la pieza suya, la mía donde te escribiría esto: si volvieras no te diría nada, porque esa última noche que hubiéramos pasado juntos entre la media docena de terminales que habrías mantenido encendidos yo habría simulado que me dejaría caer sobre tu cuerpo, habría reproducido la posibilidad de dejar que me sacaras la ropa, que me empujaras hacia el suelo, que no cerraras tampoco la puerta y así pudieras ver por una rendija la extensión del pasillo por donde llegara a buscarte una y otra vez, mientras hicieras lo que estuvieras haciendo creerías que los párpados seguirían obstruyendo estos ojos para no mirarte tan de cerca, sin embargo, apenas entrara por esa rendija algo de luz yo entendería los procesos que habrías estado programando en cada una de esas pantallas, a pesar de que fueran letras negras sobre un fondo más negro yo las distinguiría —la falta de todo brillo— y en el momento que te hubiera dejado ir por fin entendería lo que tú habrías hecho ese tiempo, a puertas cerradas: unirte a una red entre iguales a través de un programa modificado por ti para aparentar que estarías compartiendo la información de las bases de datos de tu memoria, una mentira; porque yo te habría pedido tantas veces que me dejaras entrar, sola en el pasillo de tu edificio, que me abrieras la puerta, que me ayudaras con instrucciones para que yo y tú —y Albur, sus bosques, el lago, la lluvia, el viento, el cuerpo de la Alma, asesinada— dejáramos de hablar como un usuario con su máquina, y en cambio nos volviéramos puntos de intersección que confluirían en un

mismo lugar, acá, dos nodos dentro de tu departamento en Santiago, tomados de las manos en un tranquilo parque de Bergen, abrazándonos sobre un pasto donde por un segundo el sol apareciera entre las nubes, atravesara el entramado compacto, casi indivisible de las ramas de los árboles del bosque de Albur y nos diera en la piel de nuestros cuerpos, intercambiar roles desde ese terminal tuyo a este, desde tu cuaderno a la pantalla de ese computador portátil que me robaran, que tú no fueras más el punto fijo sino todos simultáneamente el centro con respecto a los demás, escribir tus poemas a partir de lo que hubieras leído, citando las conversaciones de otros, las palabras que se te vinieran a la memoria en vez de inventar un programa que simularía la comunicación entre pares para entrar sin dificultad en mis archivos y copiar mis secuencias, pegarlas en tus discos y llevártelas impunemente a tu doctorado noruego; doña Soledad me confiaría en ese pasillo que la Alma le habría contado una historia en el bosque, ese sábado en la tarde, equivocadamente: una muchacha de diecisiete años, dulce, aguda, habría quedado paralítica en un accidente y sus padres, dos gringos millonarios, decidirían trasladarla a una clínica privada muy exclusiva, desde cuya ventana se vería el paisaje enorme de un lago congelado. La muchacha observaría distante cada amanecer, cada tarde y cada noche el lago, rezaría todos los días para que Dios la ayudara, equivocadamente: habría rezado por la salvación de su alma y no por la de su cuerpo. Con el fin del invierno llegaría también a la clínica un auxiliar de aseo, un hombre que mientras pasara el trapero se quedaría mirando a la muchacha paralítica por la puerta entreabierta; él tendría seis hijos y estaría obligado a cuidar de ellos en una casa estrecha de un barrio populoso. Cada vez que evitara quedarse con la vista fija en el cuerpo de la muchacha el hombre se pondría a rezar, equivocadamente: rezaría

para que lo ayudaran a luchar contra el demonio de la envidia, de la codicia y no contra el de la lujuria. Miles de kilómetros al sur de esa clínica, una mujer de edad avanzada —como yo, un poco más joven, se reiría doña Soledad— viviría retirada, solitaria y melancólica en una mansión con una inmensa piscina; todas las mañanas la mujer se acostaría sobre una cama inflable y se dejaría llevar hacia el interior de las soleadas aguas con los ojos cerrados, respirando cada vez más lento. Ella también rezaría, equivocadamente: no pediría por ella, por sus hijos o por sus nietos, sino por el estado de elevación de la humanidad entera, por el mundo, las guerras y el ecosistema. Hasta que un día el lago congelado a las afueras de la exclusiva clínica privada empezaría a derretirse. La muchacha paralítica no conseguiría conciliar el sueño, la situación se haría insostenible para el hombre del aseo y, en el sur, de tarde y al mismo tiempo, la mujer de edad seguiría meditando sobre el cosmos acostada en su cama de agua. Al momento —me diría doña Soledad, señalándome una de las puertas del pasillo por donde un segundo después aparecería la Gracia, pasándose un pañuelo por la cara y sacando la lengua hacia nosotras, la lengua apenas visible en la oscuridad de ese amanecer en que iría a salir tu avión hacia Noruega, desgraciado, en dos horas, y tú seguirías desnudo ahí, dándome un beso con los párpados abiertos para vigilar que no se hubieran interrumpido las descargas de mis datos, de los míos y de tantas personas—, al decirle eso, la Alma se habría quedado en silencio ante uno de los árboles del bosque adonde le pediría a doña Soledad que la acompañara, como si hubiera reconocido ese corte que habría hecho antes en el tronco del árbol la gente de la maderera que funcionaba en Albur hace un par de décadas, o los de la municipalidad, o los gringos de las industrias de salmones, una figura a cuchillo de tres trazos que formarían una letra,

y cuando yo repitiera la vocal doña Soledad sólo movería la cabeza para verme mejor entre el voltaje que volvería a cambiar con el crecimiento del rumor de la lluvia sobre los techos del pueblo, en ese momento habría empezado a soplar otra vez el viento frío desde el lago, la Almita se habría dado vuelta hacia doña Soledad, la agarraría de la mano y, con la voz ronca, le pediría que se acordara de que el apóstol Pablo habría escrito que si dos personas se reunieran en el nombre de Jesús, Jesús estaría con ellos: entonces serían tres, dejarían de ser una pareja y se convertirían en un pueblo. Se necesitaría las oraciones de tres personas que coincidieran para que funcionara, le habría aconsejado de vuelta doña Soledad a la Almita, y luego le habría pedido que siguiera contando la historia, equivocadamente: la muchacha paralítica se sorprendería de madrugada cuando el hombre del aseo entrara como poseído a su pieza, caminara hasta ella, le quitara las sábanas, se subiera, la diera vuelta y se desabrochara los pantalones con la mirada perdida y los dientes apretados, porque estaría pronunciando en voz baja una oración confundida. En la cama de agua, la mujer de edad se acordaría de un antiquísimo rezo que su madre le habría enseñado al cumplir sus tres años. La muchacha, horrorizada, sentiría adentro las manos del hombre y por primera vez nombraría su cuerpo ante Dios. Entonces esas manos intrusas se habrían aquietado, se contraerían heladas inesperadamente; la muchacha abriría los ojos y, a su lado en la cama, encontraría a una desconocida anciana muerta con una sonrisa. Empezaría a amanecer en el lago y en la piscina, le habría dicho la Alma a doña Soledad, y saldría corriendo por el bosque hasta perderse.

La persona escribe su nota al videojuego como una queja hacia la cantidad de veces que debe leer para relacionar aquellos elementos que son evidentes y que,

sin embargo, permanecen invertebrados, oscuros, lejos del examen a que los somete este lector para la Comisión, dispuestos a salir de los rincones del cubículo de madera si la luz se apaga y se enciende la chispa, la corriente, el fuego que barre con la vida confusa que a cierta altura se aglomera sin dirección en Albur: paradójicamente, para este proyecto, el espacio boscoso y húmedo por donde corre la adolescente Alma es el mismo y es diferente al espacio donde el protagonista impreciso del videojuego se abre paso por las cenizas de un páramo de fósiles, huesos y carbones, que es el mismo y es diferente del pueblo piscicultor de Aysén donde una máquina con nombre de mujer o una mujer que actúa con reflejos maquinales se pasea por los pasillos de una pensión regentada por mujeres evangélicas; un lugar es el mismo y es otro a la vez, señala Zenón de Citio, perdón, Zenón de Elea, tal como una persona cuando escribe un informe repentinamente se da cuenta de que su objeto de estudio la está escribiendo de vuelta, y que el informe no es más que la baba imperceptible —la huella del movimiento constante— de lo indiferente que sigue ahí a pesar de que lo entierra la erosión, lo sumerge el agua, lo clasifican —en el último anaquel de la biblioteca de una universidad antigua donde ahora sólo leo en pantallas—, se lo lleva el viento y lo quema el fuego. Todo espacio infinito es perfectamente abarcable por quien puede seccionarlo: busco la cita precisa donde Zenón —ya no estoy seguro de su proveniencia— expone la dicotomía sobre el espacio, pero dejo de buscarlo porque caigo en la cuenta de que yo mismo quizá estoy haciendo las notas al guión del videojuego ahora mismo; ese que está en su juventud escribiendo un poema entre los computadores tiene mi nombre, que acá no aparece, justo antes

de venir a Bergen, Noruega; la Comisión espera que yo emita una hipótesis y no una paradoja ni un tratado de filosofía griega antigua sobre el proyecto y sus consecuencias para esta oficina. Esa hipótesis es la siguiente: a mitad de escritura del guión de su videojuego, 1.323.326 entiende que quien mueve el mando de control no toca ni extiende una táctica sobre los objetos del mundo de Albur, sólo los observa y, con la mirada, proyecta en ellos todos los objetos en otros espacios donde su mano se supone que puede estar. Entonces 1.323.326 decide unificar ojo y dedos por medio de la única técnica humana que paraliza la mirada en su fascinación y hace mover la mano, por rechazo a su exceso y para acercarla si tiene frío: el fuego. 1.323.326 decide quemar cada nivel de su videojuego, pero en algún punto, en alguna etapa, cierta decisión que debe tomar traslada la táctica del fuego de la pantalla al papel y a su propio cuerpo, que se levanta del cubículo, camina hasta la cocina, encuentra los fósforos y empieza el incendio. Esa decisión se vincula a las notas que ahora mismo aquí se leen, que parecen provenir de otros dedos pero invocan su pasado en el sur de Chile: un encuentro sexual en cierto departamento de Santiago y la posterior partida a Noruega; sus recuerdos no son imágenes ni historias, sino impresiones en ciertas partes suyas que le vuelven en forma de graduales aguijones, mordeduras, punzadas de insectos que la enronchan, pican, duelen y no cicatrizan; no son quemaduras porque están dentro de la piel y en el músculo tal vez los huevos del mismo agresor invisible; son palabras que no están en la biblioteca de ninguna universidad, que se murmuran y susurran y jadean, sonidos del paladar que nadie puede poner por escrito pero sin embargo atormentan, de manera que

1.323.326 se levanta, se lleva el montón de libros arcaicos que sirven de bibliografía para el informe del proyecto, los deja en cualquier parte, los libros que ahora no ayudan merecen el fuego, reflexiona: el fuego lo va a llevar de vuelta a Albur. Desde ahora nada más queda eso que la memoria de su cuerpo, aunque quemada, escribe, y mezcla en su carpeta la nota última —que leo en LA PÁGINA SIGUIENTE—, con otra distante, anterior, en LA PÁGINA 114.

Nos habría interrumpido una voz extranjera, la de un anciano alto y encorvado que se asomaría desde el living hasta el pasillo, que se quedaría ante mí con los mismos ojos acuosos con los cuales hace un momento habría mirado la pantalla en la penumbra esa noche húmeda, apenas podrías distinguir mi silueta desconocida, mis formas reflejadas contra el vidrio de una pieza acá desde donde te escribiera las palabras que yo no entendería, y lo sabría cada vez que me hablaras en noruego, acercarías tus labios y sería una nueva oportunidad para mí de intentar abrir la boca, de discutir sobre cualquier procedimiento que no fueran tus dedos acá encima, aquí, ahora: el futuro, el pasado, un lugar lejano de Santiago, de tu departamento en Providencia, la suma de datos que sólo se relacionaran contigo se desprenderían de esta mano que me pertenecería sobre un cuaderno, no contigo y conmigo reunidos, asociados, ensamblándonos, hediondos, volcando sin parar una sucesión de órdenes, de certezas, de ejecuciones esos primeros fines de semana, cuando me hubieras propuesto seguir en la cama la escritura de ese poema que habrías empezado a escribirme en una servilleta, acerca de dos solitarios que se encontrarían en un curso de informática tarde a tarde y, a pesar de que se gustaran, no se dirigirían palabra, ni tampoco se atreverían

a mirarse; sólo ingresarían en sus propios terminales los mismos datos de manera que, al final del curso, cuando cada alumno ejecutara el programa que habría desarrollado durante seis meses, los solitarios coincidirían en haber creado un sistema de simulación artificial del otro, sin conocerse habrían querido suponer las palabras, el tono, la sintaxis, la duda con que su compañero le contestaría si se atreviera a hablarle, tímidamente, y tampoco habrían superado la timidez durante esa última clase para explicar que la carencia de aplicación práctica de sus programas residiría en que su soporte tendría que ser el enamoramiento, la proyección de las observaciones inconfesables, seguramente sus tareas serían reprobadas, saldrían de la sala en silencio, ni siquiera en el pasillo se hablarían, acaso nunca más volvieran a verse y sin embargo, en el momento en que los dos compañeros fallaran en por lo menos haberse despedido, uno y otro habrían tomado la misma iniciativa para que su homenaje no se olvidara: estudiar día y noche la posibilidad de que el simulador de la persona amada permaneciera, convertirse en un programa residente de la red de redes cuya existencia nada tuviera que ver con los usuarios —un bot, me corregirías— sino con el objetivo específico de rastrear cualquier aparición de un mínimo fragmento identitario de esa persona amada: el léxico más frecuente en sus mensajes electrónicos, el código binario de la secuencia de texto de su nombre completo, los datos asociados por connotación a los apellidos de su familia, toda combinatoria posible entre sus números telefónicos, sus direcciones, las fechas y la información que recolectaría apenas fuera ingresada en la red de redes le sería enviada por el programa residente a su creador, para que uno siempre pudiera saber dónde estaba el otro, a qué se dedicaba, con quién se habría relacionado, cuándo, para qué: yo no te habría dicho esto último, sólo habría recuperado

tu sonrisa en la oscuridad del pasillo, escuchando al anciano que interrumpiría la conversación que doña Soledad sostendría conmigo, una serie de sonidos indistinguibles por cuya entonación final yo habría adivinado que hablaría en inglés o quizá en alemán, que le habría pedido algo, quizá le hubiera dado una orden, porque doña Soledad se agacharía un poco, se golpearía la frente disculpándose, habría prometido llevarle algo a Seer mientras vieran televisión pero conmigo se habría entretenido mucho, la conversa se habría alargado más de la cuenta, nos veríamos más rato, señorita, un gusto; doña Soledad se alejaría hacia la cocina, cerraría la puerta e inmediatamente se abriría otra: adonde el viejo gringo encorvado me señalaría apenas la dueña de la pensión ya no nos viera, la entrada a su propia pieza, él dirigiría su vista en la oscuridad desde mi cara hasta la puerta cerrada y sólo entonces me dedicaría una sonrisa a manera de saludo, en una sucesión de articulaciones que con dificultad podría entender se estaría refiriendo a la oscuridad de ese pasillo, justamente, me hablaría de la Alma en su lengua, me vendría a decir que yo y ella tendríamos que ser parecidas como peces de la misma agua, sin que yo dudara en seguirlo, en entrar a su propia pieza y sentarme en la cama a esperar; yo no te habría dicho eso hasta que aparecieras hoy, ahora, si te hubiera visto caminar en la noche, que acá habría caído más temprano por los nubarrones, si por el vidrio de esta ventana de pronto hubiera distinguido una figura lejana que intentara moverse por el barro hacia esta pensión, que llegara a la puerta de esta casa y tocara con fuerza, que se pusiera a gritar sin importar lo tarde que fuera, el frío, la distancia de este pueblo, y que llamaras preguntando por mi nombre, no te lo habría dicho ni escribiría acá que ese poema tuyo de los dos programadores —que me habrías pedido transformar en un juego de texto cuyo funcionamiento

estuviera garantizado en cualquier sistema operativo—
tendría un final equivocado, porque si cada uno de tus
personajes hubiera dispuesto en la red de redes un programa rastreador de la identidad del otro se habrían neutra-
lizado mutuamente: encontrarían una y mil veces al programa de su contraparte, que tendría huellas inequívocas
de su creador, y reportarían tantas veces la presencia de
un programa idéntico a sí mismo que terminarían descu-
briendo el engaño, sólo podrían acceder a las huellas que
el simulador del otro fuera dejando en su búsqueda, tu
poema se cerraría equivocadamente y el juego que al final no habríamos programado ese fin de semana por quedarnos en la cama —tú sobre mí horas y horas— no se
ejecutaría, inexacto; eso te habría escrito, te lo habría dicho porque si leyeras esto te arrepentirías: entraría a la
pieza del viejo Seer, me sentaría en su cama a esperar que
volviera o me levantaría de este escritorio, decidida a salir
de esta pensión, a correr bajo la lluvia en plena noche de
un pueblo que no conocería; le respondería con mi silencio cuando me invitara a esperarlo con señas lejanas entre
el bajo voltaje porque la faena de las salmoneras absorbería la luz de las ampolletas o me quedaría quieta detrás de
las cortinas de esta ventana, comprobando que el tipo seguía ahí, mirándome como si no me moviera, como si un
objeto más oscuro en la noche de Albur se hubiera quedado olvidado sobre el escritorio de esa pieza de pensión en
que la adolescente muerta a veces se habría escondido de
sus padres, un cuaderno o una mano en el borde de la cortina, una sonrisa apenas torcida de Seer en el momento
que se hubiera puesto la palma en el pecho y extendiera la
derecha hacia acá —apenas sus contornos—, un borde en
el cual se hubiera escapado ya cualquier fosforescencia,
los contornos de esta mano, de esta cara, de este pelo que
tendría que pertenecer a alguien, una decena de dedos en

absoluta penumbra, uno de esos dedos habría apuntado hacia la esquina de esa pieza o de esta, donde habría decidido no estar un segundo más, pidiéndome con palabras inaudibles que lo esperara sólo siete minutos, o habría cerrado la puerta el anciano gringo Seer para dejar ahí pedazos, pelos, piel, dos zapatos, una ropa que quizá nunca reconocerías, material opaco sin relación alguna entre sí ni contigo, músculos tirados sobre la cama, arterias abiertas, articulaciones descuajadas, huesos, membranas, la superficie lisa de un teclado sobre este cuaderno —habría delineado de memoria cada pieza con este lápiz sobre la página inerte, la secuencia de caracteres que alguien podría reconocer tantas veces— y en esa familiaridad sentiría que la punta de los dedos encontrarían nuevamente un centro, con el corte de luz ya no habría que cerrar los ojos para entender la imposibilidad de ese dibujo, cada tecla se quedaría borroneada sobre la anterior en la oscuridad hasta que no quedara un solo carácter reconocible, igual a la red de redes deshabitada cuando se apagaran definitivamente los generadores de electricidad del pueblo al sur de Chile, del continente entero, del planeta, como el parpadeo inútil de estos dos ojos desperdigados en la pieza a oscuras del anciano gringo una vez que cerrara la puerta, los bultos aislados entre sí salvo por la falta de luz que los tocaría a todos, que absorbería cualquier centro de gravedad para que fuéramos simultáneamente livianos, vacíos, pesados como una piedra que cayera al punto más hondo del lago, y nos quedaríamos ahí para siempre o no existiríamos más, o dos ojos vislumbrarían, a punto de cerrarse, un brillo que se habría puesto en movimiento cerca de la esquina de esa pieza: la piel de un salmón, el brillo colorado que destellaría para mí dentro de su acuario turbio, lentamente vendría nadando su reflejo hasta tocar el vidrio cuando la puerta se abriera, la puerta de mi pieza o de esa

con que el veterano Seer me habría dejado encerrada, por una rendija me encandilaría el brillo de una poza en el suelo mojado de Albur donde aparecerían las hojas humedecidas de los árboles iluminadas por una luna que las nubes dejarían aparecer un poco, para que se descubriera el salmón en la densidad del acuario o en la rendija de esa puerta, un instante donde esos dos ojos, las manos, mis manos, mi cuerpo de nuevo se levantara: volvería a ser yo la que sintiera el miedo porque entraría el tipo que me habría estado observando desde mi llegada al pueblo, ni siquiera un paso hacia mí podría notar que habría dado, sino una voz en la oscuridad o una mano conocedora que abriría en tres movimientos, en tres crujidos la ventana, o me ordenaría que saliéramos al tiro por esa ventana si no querría yo morir ahí mismo, o me avisaría que sería peligroso que el gringo Seer me encontrara —tan parecida a la Alma— en su cama durante el apagón, o el tipo me ayudaría a poner un pie fuera de la ventana, me daría la mano, la apretaría, o correríamos en plena noche hasta el bosque, y de repente no diría una palabra más porque habrían aparecido de manera inesperada entre los árboles, definitivamente, y traerían luces.

La letra manuscrita de estas notas, en contraste con los párrafos del videojuego, indica la huella de una voz precisa que al mismo tiempo no tiene nombre y se disuelve en las posibilidades; es una huella, sí, un intento de memoria que al lector hace recuperar el cuerpo no en el tacto de otros, no a través de la táctica que lo mueve por estas páginas de orden disímil, no en un tactismo indiviso; más bien se trata de una huella digital, el vestigio de uno y luego de dos dígitos que lo tocan tal como los impulsos energéticos que restituyen por un momento a quien lee, que le dan eficacia a su

comentario. Entonces cada elemento toma su lugar en una secuencia, el relato es «delineado de memoria [por medio de] cada pieza con este lápiz sobre la página inerte», de manera que la persona que simula una máquina acechante entre los intersticios del cubículo, los dobleces del papel y los borrones de la tinta empieza a tomar forma, invertebrada; lentamente pone en marcha sus extremos en un relato, en una anécdota que sigue a otra anécdota, y las notas se vuelven narraciones, historias que prescinden de su forma, que sólo avanzan, historias orales cuando ya no queda ni el rescoldo de algún libro en el cual leer antes eso, la madera de los estantes es leña para combatir el frío porque se acaba la electricidad, desaparece cada pieza innumerable del infinito, abstracto y frágil mundo de los dos dígitos, el tacto se retrae después que el ojo apenas divisa siluetas menos oscuras que su pupila, no guía a la persona otra cosa que el sonido, el roce del viento en el pelwenu, susurran; escucha, y escucho; soy un niño en el bosque, mis papás no vuelven todavía de sus pegas, cae la noche y alguien que me cuida me pide soplar sobre ese árbol; me quedo abrazado a su corteza y oigo que me cuenta sin palabras, sólo crujidos en la inmensidad, que cuando un niño nace ellos plantan un árbol, así me acompaña y su movimiento simultáneo hacia el sol y hacia lo más húmedo del suelo nos hace crecer derechos, el niño obedece al árbol que obedece al niño; el uno depende del otro que depende de lo importante; ahora leo esto y me resuena el pelwenu, la garganta con el viento, el abismo, el pasadizo; dónde está el árbol que crece conmigo, qué pasa cuando uno de los dos es desarraigado, uno de los dos se hace leña que guarece bichos, me pudro; mejor me queman o me lanzan al fondo del lago, escribe la adolescente Alma en su dia-

rio íntimo con letras impresas en las mismas tierras de mi niñez; pero ella escapa de quienes todavía quedan en los bosques hacia la PÁGINA 165.

17-10-2001
7:59

Otra pesadilla: una duna soleada, bancos de arena seca tan altos que fui incapaz de ver la playa. Sólo arena. Mi cuerpo enterrado hasta los hombros, grité. Me dio mucha sed y me morí de calor debajo de un sol que brilló con crueldad en el cielo blanco del desierto. Y de repente una sombra, la de ese hombre tampoco nombrado en la pesadilla que caminó hasta mí, la sombra de su cuerpo que impidió que siguiera encandilada. Le pedí agua. Le pedí agua pero él se agachó y metió su cosa en mi boca. Desperté sudando, a gritos. Las sábanas enredadas, la puerta abierta; los pasos del hombre se perdieron por la casa. Él volvió a meterse a mi cama. Volvió. Aunque afuera la lluvia siguió cayendo ruidosamente contra los techos de las casas de Albur, el silencio se me hizo insoportable.

A las siete de la mañana llegó mi mamá a despertarme, pero me encontró con los ojos abiertos en la penumbra, con las manos sobre las orejas para escuchar aunque fuera un mísero pío de algún pájaro atrapado en el entretecho de la casa. Pero sólo escuché lluvia, lluvia y autos pasando hacia la Austral Salmon. Y más lluvia. Mi mamá me pidió que me levantara, se sentó a los pies de mi cama y vio que estaba despierta. Me empezó a hacer cariño, empezó

a hablar con Dios, a contarle del sufrimiento y del dolor. Yo quise decírselo: que estuve toda la vida acurrucada en una esquina de mí, de espaldas hacia la pared escuchando cómo cada noche abrieron la carne de ese lugar desconocido donde vine a esconderme. Hasta que una tarde me amarraron y me sacaron de esa pieza para obligarme cuchillo en mano a que los ayudara en el desgarramiento. Quise decírselo, pero apenas abrí la boca mi mamá me la tapó con su mano: sshh, me dijo, ya supe. Y siguió murmurando en lenguas estrafalarias para que no entendiera su pronunciación de la palabra «demonio», de los nombres de mi hermano, de mi papá, de los gringos.

17-10-2001
9:39
Mi mamá fue a la cocina a preparar desayuno. Yo me senté en la mesita con ella, a acompañarla. Apareció mi papá vestido, duchado y afeitado, listo para irse a la salmonera. Cuando me encontró ahí en calzones, hedionda y con una majamama de pelo enredado encima de la cara escondiendo la hinchazón, se enojó. Quiso obligarme a ir al colegio, me gritó tonta, me gritó inútil, me gritó perdida; yo agarré un vaso y le tiré agua en la cara. En ese momento mi hermano empezó a gritar y a golpearse en su pieza para que me quedara con él, para que fuéramos a dar un paseo al bosque. Mi mamá corrió donde mi hermano, entonces mi papá puso sus manos en mi cuello, me miró a los ojos, apretó pero no dijo nada.

Y se fue.

17-10-2001
20:36
Me quedé botada en el suelo de la cocina, inmóvil. Tapada con un trapo. Mi hermano consiguió que mi mamá lo

dejara salir de la pieza, llegó a la cocina y me dio un abrazo largo. Nos quedamos toda la mañana en la cocina, tomando té y viendo la lluvia por la ventana. Le hablé de que dentro de cada gota de lluvia algo viviente llegó a nuestro mundo. A veces una gota fue a caer en los techos, en los autos y se hizo inútil. En cambio cuando las gotas cayeron en un árbol, en la tierra o en el lago se transformaron en pájaros o insectos o flores o ranas o callampas o palitos o peces. ¿Y cuando cayeron sobre una persona?, me preguntó. Si la que se mojó fue una mujer, le dije, quedó embarazada. Mi hermano me miró muy serio, abriendo los ojos. ¿Y si el que se mojó fue un hombre? ¡Entonces cayó en cama con gripe! Nos dio mucha risa, no paramos de reírnos en todo el día.

22-10-2001
11:23
La lluvia delgada y monótona siguió sobre las ventanas plomas de la sala de clase día tras día. Siguió barriendo la superficie de todas las cosas en mi cabeza, el viento dentro de mi cuerpo abrió las ventanas con fuerza en plena noche, hizo volar los arbustos débiles, los juguetes de madera y la ropa de los colgadores, las ramas sobrantes de los árboles. Ni el viento ni el agua pudieron limpiarme, sólo desordenaron más todavía este basural, dieron vuelta las cosas sucias sobre mis pocas cosas limpias. Nos empaparon a mí y a ese hombre en el momento que me dejó bien amarrada al tronco, se subió a mi cuerpo desnudo y lo llenó de saliva.

22-10-2001
19:18
En el picnic del grupo de solidaridad traté de acercarme a las abuelitas del Hogar, pero una de ellas empezó a hablar

y hablar de mi mal olor. De mi mal olor a tierra húmeda oscura arenosa sacada de muy adentro con mal olor, dijo. Mi mamá después me contó que a esa vieja se le murió una hija de mi edad: fue al bosque, alguien le quiso hacer daño, arrancó hacia el lago, trató de nadar hacia la otra orilla pero se cansó y se ahogó. Nunca la encontraron. Olor a piedra mojada con mal olor sobre otras piedras mojadas con mal olor, me empezó a gritar la vieja cuando le dije: calladita la vieja. Así que el pastor me sacó de ahí y terminé arrodillada sobre una manta, abriendo paquetes de galletas y sirviendo jugo a varios abuelos que a cada rato trataron de sentarme en sus faldas.

Acompañé al abuelo flaco y pelado a pasear por el bosque. En el camino me puse a conversarle a un chincol que se nos cruzó volando, el viejo ni siquiera lo vio. Sólo se acordó de que él y sus amigos cuando jóvenes se dedicaron a silbar para persuadir al viento frío de irse a revolver otros bosques. Ofreció enseñarme la melodía. Nos sentamos en un tronco, puso su mano por debajo de mi falda y silbó. Yo me quedé quieta mientras hizo lo que tuvo ganas de hacer. Trató de hablarme del peor viento, el viento de los incendios, pero no pudo seguir. Se excitó tanto que le corrió la baba y se le refaló la placa, que quedó muy sucia con hojas y bichos.

Después fuimos a lavarnos las manos al lago. Cerca de la orilla el viento empezó a soplar tan fuerte que se levantaron olas y los árboles se azotaron con tanta bulla que no logré escuchar nada de mi silbido. El abuelo dormitó a mi lado, yo mantuve los ojos abiertos en la única dirección que me dejó mirar el viento. Poco a poco fui distinguiendo dos sombras a lo lejos, dos sombras caminando por la playa. Una pareja. Él de repente le agarró la mano y ella se quedó quieta, tomándose toda linda un mechón del pelo. Cuando se acercaron para darse un beso desapareció por

un segundo la ventolera. Así yo pude reconocerlos, a mi pololo y a G, a él y a mi mejor amiga acercándose en el momento en que se levantaron todas las hojas y crujieron todos los árboles.

El diario de Alma, en contrapunto con los espacios quietos que habita el inaudible del videojuego, no es sólo oscilación. La protagonista se mueve constantemente hacia quien lee, invocando su juventud cuando quiere esconder el insecto que la amenaza: es la culpa por algo que no se dice, una violencia que alguien en concreto ejerce cada día contra su cuerpo y cuyo nombre evita pronunciar, según la tradición cristiana occidental. Ella «debe odiar el pecado, pero amar al hombre pecador», como señala Agustín de Hipona en *La ciudad de Dios*. Alma, asediada por un inverosímil que no tiene cara, sino un conjunto de estructuras vivas que crujen para pegarse a su organismo joven y así vaciarla de su sangre, evita ponerle nombre, y con ello lo aleja, pues le niega su identidad. Se trata del invertebrado que el sistema de pensamiento católico apostólico romano —latino, latinoamericano, chileno— denomina «virtud» y se impone como un guardián adosado a la piel de las adolescentes al sur de este planeta repleto de artrópodos. La virtud mueve a Alma a través de los espacios de su Albur, que ahora es un horizonte habitable, un pueblo con casas, un bosque verde y una playa azul porque, a diferencia de la táctica pura, del movimiento sostenido e indiferenciado de los capítulos del videojuego, aquí también hay técnica, tekné, τέχνη, en el sentido en que Zenón de Citio la define: «una práctica, una puesta en escena de la virtud como sanadora del alma, contra la episteme, ἐπιστήμη, la teoría, que es el deseo puramente intelectual». Estoy

citando el añoso empaste encuerado del *De indiferen-tibus* para hacer notoria la diferencia entre este Albur habitado y el Albur corroído, para preguntarme qué relación cabe entre el autor de los papeles que estoy comentando y la adolescente cuyos diarios han sido agregados a la carpeta de este informe por la Comisión. El pueblo del diario es el pasado del lugar donde sucede el videojuego, así por lo menos queda sugerido cuando la muchacha, en su pesadilla, declara que es obligada «cuchillo en mano a que los ayudara en el desgarramiento»; es el desgarramiento del tejido muscular que la cucharacha, la garrapata, el ratón, el parásito perpetran sobre los huesos del irregular personaje del proyecto de 1.323.326. El lector se queda viendo la lluvia que cae en todas las páginas de Albur, en el diario de Alma permanece con ella y su hermano mirando el agua que baja con lentitud. Es el estado de ataraxia que los estoicos buscan para romper el movimiento del insecto que no se detiene en el interior de quien lo busca por las esquinas de su cubículo con insecticidas y linternas; Zenón, de nuevo en su *De indiferentibus*, agrega que la ataraxia, «lo imperturbable», es una certeza de lo que está correcto con respecto a lo incorrecto como táctica para desplazarse en la vida sin tener que predicar y llenar los informes con la palabra «virtud». Alma, la muchacha que silba a los pájaros, describe su habitación como un basural asolado por la ventolera, y así también su pueblo de Albur. Pero anuncia que el peor de los vientos no es aquel que lo empolva y lo desordena todo, sino «el viento de los incendios». Zenón de Citio defiende su noción de psyché, ψυχή, como «una mezcla de aire y fuego que da movimiento a los seres», de manera que «la menor acción puede provocar, mal dirigida, una chispa y un incendio» ahí

en Albur, donde hay demasiada madera. El cuestionamiento debe incluir la relación de la adolescente de estas líneas con el autor. Para los estoicos que siguieron a Zenón, cada acto es una táctica para mantener el equilibrio, de manera que no hay causa sin efecto, ni inmensidad chamuscada que azarosamente se vuelve el pueblo de Albur donde vive la adolescente Alma. A este fragmento de su diario íntimo le sigue una decisión de lectura, y no es pura coincidencia: en la carpeta es posible leer otro anterior de este diario, acá en la PÁGINA SIGUIENTE, o bien seguir una flecha trazada a mano que sugiere ir a la PÁGINA 45, de vuelta al oscuro acuario del videojuego.

22-09-2001
16:49

Fuimos a Coyhaique, donde mis tíos. En medio del asado de fiestas patrias me quedé cristalizada, estatua mía con la boca abierta en una conversación sin fin, una sonrisa y la cabeza diciendo que gracias, sí tía, sí primo, sí mamá, sí tío, sí papá. Acá adentro, en cambio, vinieron las nubes, la tormenta, el temporal. Después cayó nieve y volvió el sol, los árboles y el pasto también brotaron, me llené de abejas y pájaros aunque inmediatamente un viento gélido que vino de la Antártida barrió con esa vida. En medio del asado fui un campo de hielo que sólo dejó pasar el viento a través de sus kilómetros y kilómetros.

22-09-2001
23:09

Mis primos se fueron todos a las fondas, yo me quedé en el living de mis tíos leyendo. Mi hermano me acompañó en silencio, mirando las llamas bailar sobre la leña de la chimenea, apretando dentro de sus puños los pequeños elefantes de cerámica bien blanca que encontró sobre la mesa del teléfono de mis tíos. Cuando mi mamá y mi tía escucharon los ronquidos de mi papá, de mi tío y de mi abuelo, borrachos, empachados de cordero, apagaron las luces, así que me tuve que acercar a la chimenea para leer

los libracos de medicina de mi prima, que es enfermera. Busqué mi nombre entre los órganos del cuerpo, cansada de encontrar ideas en las pesadillas o en las ganas de ir a buscar al tipo del frac blanco al bosque y meterme con él al lago de noche.

Mi hermano se quedó dormido sobre la alfombra, justo debajo de la mesa del living, después de varias horas mirando los elefantes a través del vidrio. Yo me quedé poniéndole atención al fuego de la chimenea hasta que empecé a adivinar formas en las llamas: personas gritando en el bosque, gente nadando desde el lago hacia el río, buscando el mar. Extranjeros rodeándome en un lugar secreto, sacándome la ropa y amarrándome a un árbol. Una mano. La mano de mi papá, que vino a buscar medio dormido a mi hermano para acostarlo. Al pasar me dijo algo: una vez miré tan fijo el fuego que dejé de verlo.

25-09-2001
18:12
Subí por el árbol que en mis pesadillas vi a mitad de mi pieza.

26-09-2001
10:51
El gringo y el tipo del frac blanco me llevaron a la cabaña, nos metimos los tres a la cama. G me odió.

27-09-2001
11:00
Me puse a pololear con un compañero de curso.

27-09-2001
16:36
Me caí a uno de los estanques de la Austral Salmon. Casi me destrozó una turbina, pero mi nuevo pololo me pudo sacar a tiempo.

29-09-2001
21:54
En el bosque, el gringo me filmó para una película.

29-09-2001
22:11
Unos salmones viejos me dijeron una vez: nos escapamos, nadamos por el río y por el lago, siempre llegamos a los mismos estanques y nunca supimos lo que es el mar. Y si yo no agonicé en las manos del viejo ese que se acostó conmigo todas las noches en mi pieza es porque crecí para convertirme en un árbol de hojas gruesas y tronco vetado, pensé durante mi pesadilla.

01-10-2001
12:38
Mi pololo se agachó en el bosque, me desabotonó la blusa y empezó a chupar. Cuando abrió los ojos encontró las marcas que me dejaron el gringo y el tipo del frac blanco: una serie de líneas desde mis clavículas, unos círculos en mi pecho, un trébol en el pezón izquierdo. Fue exquisito cuando me las hicieron con tinta fría y espesa. Mi pololo se quedó tieso y me empujó, furioso. Yo inventé cosas: que me tatué un árbol cuando chica, pero crecí y el dibujo se convirtió en esas líneas raras. Que una vez G con una vela trató de hacerme una limpieza de la piel, eso sí que le gustó al muy cerdo. No vio el hematoma de mi ingle, tampoco le dije la verdad sobre el mapa que el gringo arañó entre mis tetas para convencerme de que fuera a trabajar a ese hotel sin nombre.

01-10-2001
14:19
Al día siguiente me amanecieron doliendo un poco los arañazos y me fui a mojar al lago. El tipo se sacó el frac

blanco, se metió a nadar conmigo, me dio un beso muy largo y me volvió a rajuñar las piernas. Me mordisqueó la oreja cuando me pidió que olvidara ese lugar. Se puso el sombrero antes de irse fumando por el bosque. Y yo me quedé ahí goteando.

01-10-2001
17:06
Caí resfriada a la cama, con fiebre. Cuando desperté, a los pies de mi cama creció otra vez el árbol espeso. Con sus ramas anchas pegajosas de tanta resina y los insectos dormidos en las hojas húmedas crujió, y se balanceó por la ventolera fuerte de esa hora. Me hice la valiente, así que empecé a trepar sin detenerme. Subí y subí, me senté al lado de un nido de mirlos. Un mirlo saltó sobre mi hombro, animándome para que no parara. Trepé hasta la última rama, que se sacudía, y pude ver temblando todo Albur, los caminos hasta Puerto Aysén, Coyhaique, chicos y lejanos enjambres que eran otros pueblos, bases militares o salmoneras. Pero no pude ver el famoso hotel del gringo. La señora mirlo me dijo: una vez dejé de subir e inmediatamente me caí. Al escucharla perdí el equilibro, pegué un salto para no enredarme entre las hojas y con el impulso empecé a caer hacia arriba; me derrumbé en mi pieza desde el techo, sobre mi cama encontré dos cuerpos, dos cuerpos que lucharon furiosos. El más castigado fue el mío. Amaneció. Grité. Y el hombre, el viejo, sacó su mano de mi interior, se volvió otra persona, se fue corriendo por el pasillo justo cuando mi mamá entró rápido a la pieza y me encontró de pie, completamente mojada por la traspiración.

Ahora estoy radiante. Logré echar definitivamente de mi sueño al árbol y al que vino desde detrás del árbol, al tipo ese que cambió de nombre en el mismo momento en que reconocí su cara.

Fue divertido que en el liceo nos hablaran a cada rato de la universidad y me señalaran a mí como un ejemplo de niña estudiosa. Ilusos. Tuve que pedir permiso para ir al baño, corrí a encerrarme para espantar a los demonios que quisieron entrar en mi cuerpo. Ilusos. Nunca cupieron aquí dentro porque nací con uno bien grande dentro de mí, eso es lo que me dijo el pastor cuando se encerró conmigo en su pieza. Un demonio con mi nuevo nombre, un demonio mujer que usó mi misma cara y mi mismo cuerpo, mi otra cara y mi otro cuerpo. ¿Y al interior de un demonio, qué?, le pregunté de vuelta al pastor. No me dijo nada. Algo rico, pensé yo. Algo que les gustó a los otros demonios, a los hombres que fueron sus monigotes y que no me dejaron dormir tranquila.

06-10-2001

16:47

El viernes una compañera organizó una fiesta en su casa, una casona cercana al lago, con muelle propio de madera roja hinchada de humedad, clavos oxidados y una ampolleta colgando de un poste en la punta. El muelle se fue tapando por la neblina durante la noche, desde la casa apenas distinguí un aura de luz en pleno lago; un aura rodeada de polillas y zancudos, en eso se convirtió el muelle en la noche. Mi pololo se asustó de tanto pisco con coca cola que le ofrecieron, así que puse su mano dentro de mi falda para obligarlo a seguirme por el muelle en la oscuridad hasta el farol. Conté las tablas, eran dieciséis. Cuando él me subió la falda y se sacó los pantalones, volví corriendo a la orilla, donde me senté a esperar con los pies colgando, la punta de mis bototos en el agua. Mi pololo se perdió absolutamente en la neblina, le tiré piedras

hacia la otra esquina del muelle para hacerlo caminar hacia allá. Hasta que dio un paso en falso y se cayó. Me reí mucho. Yo también me caí al agua para ahogarnos juntos, pero él me arrastró nadando hasta una playa hecha de tierra de hoja por ahí cerca, e hizo una fogata. Nos rajamos la ropa, nos secamos, hicimos lo que hicimos. Mi pololo se quedó dormido, agotado al lado del fuego, y yo aproveché de irme corriendo al bosque, donde busqué desesperadamente la cabaña del gringo. Quise meterme en la cama con él y con el tipo de frac blanco, con cada uno, con los dos. Pero no encontré nada. La cabaña se cambió de lugar en plena noche. Al amanecer me vi en un claro del bosque frente a un árbol frondoso, de corteza vieja y arrugada, un árbol idéntico al que se apareció en mi pieza. En el suelo encontré un cuchillo sucio con savia todavía pegajosa, y me despejé los ojos cuando tomé el cuchillo en mis manos. Fue mi nombre el que vi grabado en ese árbol, y también manchas de sangre en el cuchillo.

06-10-2001
22:21

Hicimos un asado en el bosque, muy cerca de la casa del pastor, con los abuelitos del Hogar. Un abuelo flaco y pelado me tomó de la mano y me hizo acompañarlo a caminar por el bosque. Por el camino volví a buscar la cabaña del gringo, pero tampoco la pude encontrar esta vez. Los árboles se trasladaron por la noche, pensé, no la cabaña. Nos sentamos en un tronco con el abuelito, que puso su mano sobre mi muslo y se quedó mirando hacia el horizonte con una sonrisa. Seguimos un buen rato callados hasta que un chincol empezó a hablarme de Dios. Y me puse a llorar al oír eso. El abuelo se enfureció. Según él, los pájaros nunca le hablaron a los seres humanos, y que si yo entendí el canto de un pájaro entendí la muerte. Todos

los pájaros fueron brujos alguna vez, me gritó, todos fueron la cabeza despegada del cuerpo de un brujo que quiso salir a buscar el corazón de nuestros niños.

08-10-2001
14:29
Un par de bestias compañeros míos casi se mataron en plena clase. Al principio fue la marca de los lápices sobre la ropa del otro, riéndose, pero de a poco los manotazos se convirtieron en puños a la cara y patadas en el suelo. El profesor trató de separarlos hasta que le llegó un rodillazo, se puso colorado y comenzó a repartir combos también. Luego se sumó el inspector. De pronto alguien cayó sobre la pantalla de un computador, que saltó en pedazos contra el piso. Y mientras tanto, en una esquina, G me habló al oído sobre toda su rabia.

Dijo que alguna vez me quiso mucho. Que le dio celos verme sobre mi pololo, debajo de su gringo, delante del tipo del frac blanco. Me miró fijamente, sin mover ningún músculo de la cara. Nuestros pies se encontraron entre las patas de las sillas y luego ella me dio un pisotón. Me dieron ganas de darle un beso justo cuando la pantalla del computador cayó al suelo con ese ruido horrible. Entonces el silencio, la inmovilidad. Vi un zorzal que, posado por fuera en el marco de la ventana, empezó a picotear el cristal. Un eco apenas entre tanta gritadera. Las personas en la sala como estatuas, los papeles y las sillas en el aire, la mano de G que no siguió acercándose a mi cara. Yo me levanté y caminé hacia el vidrio. Abrí la ventana. El zorzal dio dos o tres saltitos, voló hacia el pueblo, hacia el bosque, hasta la rama de un árbol enorme, desde donde pudo observar un claro. Se hizo de noche, una noche permanente. En ese claro del bosque el zorzal vio que cuatro hombres sudados y borrachos desnudaron a G, le metieron palos

y botellas quebradas en la boca. Ella mantuvo los ojos cerrados hasta el final, cuando la desamarraron y la dejaron botada sobre las hojas húmedas; los abrió para dirigir la mirada hacia arriba, al árbol de enfrente. En ese árbol, sucia y con una mueca de espanto, me vi a mí misma boca abajo. Colgando. Un hombre acá innombrable fue a perderse una vez más en la oscuridad del bosque, aunque alcancé a notar su mano llena de tierra sobre el tronco del árbol. Un pájaro volvió a cantar en ese amanecer y voló hasta el pueblo, hasta esta ventana del liceo, desde donde observó cómo se llevaron a uno de mis compañeros a la enfermería. Y la sangre en el suelo.

G me tomó la mano. Me preguntó si estaba bien. Fue conmigo al baño, me mojó la cara y después nos metimos a un escusado a darnos besos.

09-10-2001
22:59
Las nubes y el frío no se movieron de Albur y no nos quedó más remedio a todo el pueblo que quedarnos en la casa, aburriéndonos, husmeando en el aire un olor a tormenta, dijo mi papá. Yo sin embargo me pude arrancar a la cabaña del gringo apenas se fue la luz.

La noche anterior soñé con mi pololo y con G bajo el agua del lago. En el sueño me amarraron con algas muy pero muy cochinas desde la superficie, boca abajo, para no mirar nada que no fuera una roca brillante y transparente, lejana en el fondo del lago, una roca tan tranquilizadora que me ahogué poco a poco, sintiendo el agua sucia de pescados podridos que entró suavemente por mi cuerpo, por todos los orificios de mi cuerpo hasta volverme tan pesada como otra roca que cayó lenta a través de las profundidades para dar con la roca brillante y transparente, hasta rebotar en ella y quedar ahí tirada en la negrura del barro por la eternidad.

09-10-2001

23:47

Yo sin embargo me arranqué en la noche blanca y húmeda como algodón, me salí por la ventana sin que mis papás se dieran cuenta, porque en ese momento mi hermano empezó a darse de cabezazos contra los espejos del
baño; entre los dos se quedaron tranquilizándolo y yo me
hice la dormida en mi cama. Sólo me puse a mirar la ventana sin pestañear, desde donde partí hacia los nidos con
pollitos de primavera, hacia la punta de los árboles. En eso
me caí y llegué a la cabaña del gringo. Toqué la puerta un
buen rato. Escuché una música de gruñidos roncos desde adentro y también olí madera quemada. Me fijé en la
chimenea: ni rastro de humo. Me pregunté cómo era posible una sola llama entre toda la humedad que envolvió el
bosque a esa hora. Luego avanzó la noche, nadie encendió
ni siquiera una vela en la cabaña, toqué y toqué. La puerta
no se abrió.

Así que me volví a la casa.

En el camino me tropecé varias veces con ramas y raíces. La tercera vez un bulto grande hizo que me abriera la
piel del brazo con la caída. Cuando me apoyé para levantarme, alguien me agarró de la cintura por detrás y empezó a darme besos, a meter mano. Le pegué una patada muy
fuerte y, cuando cayó, vi la cara del tipo del frac blanco,
que empezó a gritarme cosas en otro idioma. Después me
tomó los dedos y corrimos por el bosque. Atravesamos la
orilla del lago y el río sin detenernos, hasta que llegamos
a un portón trasero de la Austral Salmon. El tipo del frac
blanco sacó un manojo de llaves y abrió, entramos por un
pasillo muy limpio. Apúrate, me dijo, y nunca me soltó la
mano: corrí con los ojos cerrados entre una neblina densa
que dio paso a un túnel desconocido. Al final llegamos a

una puerta de metal con una cerradura electrónica que se abrió cuando él puso enfrente su tarjeta. Entramos a una sala completamente iluminada, simétrica, de techos altos y sin un solo mueble. Sentí el frío de la neblina y de esas paredes sólo después de que el tipo me sacó la ropa, cuando tuve todo el peso de su cuerpo sobre el mío. Se me durmió encima, traté de despertarlo y no: lo sentí inerte y como una roca, usé las pocas fuerzas que me quedaron para levantarlo y arrancar. Me pasé toda esa noche hasta la madrugada dando pisadas lentas por los túneles, tanteando las paredes. En un momento descubrí, cuando me congelé la punta de los dedos y la palma de las manos, las piernas, la espalda y el cuello, una pared hecha completamente de vidrio. Y me esforcé y pude ver a través del agua pegajosa, opaca, sin límite detrás de ese vidrio, unos enormes salmones cuyos lomos hicieron unos brillos colorados para guiarme hacia la salida, para mostrarme en la oscuridad el parpadeo muy rápido de las cámaras de seguridad colgando de las esquinas del túnel.

«Ilusos», anota Alma en su diario íntimo. Hay una capa de frío en cada frase de la adolescente que se incluye en la carpeta del proyecto de 1.323.326. El viento caliente que mueve los árboles en la isla de Chipre, la temperatura adecuada y el avance preciso del aire que posibilitan el crecimiento de la vegetación y la fauna en el lugar originario del primer filósofo estoico, Zenón de Citio, en las páginas del diario íntimo son cambiadas por un viento helado que todo lo detiene, que vuelve estatuas a las adolescentes y pesadillas sus noches. La psyché que Zenón imagina como un aire caliente es polvo de nieve en Albur, pueblo carente de cualquier referencia en el *Plano General del Reyno de Chile en la América*, en el *Diccionario geográfico de la República*

de *Chile Meridional,* en el *Atlas Geográfico Militar* y en *The Encyclopedia Americana,* cuyos tomos ocupan ahora los estantes de mi cubículo. Albur es un pueblo que no está en los mapas, pero el diario íntimo lo ubica entre Puerto Aysén y Coyhaique, localidades principales de la penúltima región más austral de Chile. En su videojuego, 1.323.326 dispone un pueblo inexistente, barrido por el fuego y despoblado; sin embargo, es indudable una correlación con los lugares que la adolescente anota en su diario: el muelle de madera roja en una casona hacia el lago, una secreta playa constituida únicamente de tierra de hoja, el fondo del lago donde no sólo hay légamo en sus pesadillas, sino también cuerpos muertos, huesos, hielo. La psyché de Zenón se traduce habitualmente como «el alma de los seres y lo que mueve las cosas», según mi edición alemana del *De indiferentibus,* es así como ese hielo que incluso detiene el vaivén pélvico que arrebata a la muchacha se reproduce en la blancura del traje de frac del hombre que la persigue, en los tonos de la neblina que la rodea, en la falta de color de su piel que resalta así los hematomas, llagas y chupones que marcan su diferencia con el albor del alba en Albur. La psyché de estas páginas es una quemadura de hielo, el hielo que abunda en la región de Aysén y que por su proveniencia conocen bien Alma y también 1.323.326. Todo es causa y todo es efecto, declaran los estoicos posteriores a Zenón, exagerando su descripción del mundo como un escenario donde las pasiones toman cuerpo y se enfrentan para decidir quién gobierna el movimiento de las cosas. Es el momento de anotar por mi parte una inquietud, y mi necesidad de decirlo: aunque llevo más de veinte años acá, mi lugar de origen es Coyhaique. Por las noticias de mi familia y algunos vecinos de infancia sé que

desde hace décadas muchachas y muchachos son asesinados sin causa aparente ni juicio conclusivo en los ríos, caminos y puentes de Aysén. La Comisión lo sabe desde el inicio. Así como Alma en su diario anota que quien entiende el canto de un pájaro entiende la muerte, descubro hacia dónde va el movimiento del invertebrado, de la barata, del zancudo, como quien escribe y camina al ritmo de la podredumbre en su propia piel. El abuso de menores, una noticia vieja en Aysén, es un movimiento sin resolución, detenido en el hielo, que este proyecto retoma sin una táctica explícita, pero con tacto; Alma conmueve al lector en su carrera por escapar de «un hombre, acá, innombrable», y sólo cabe seguirla de vuelta a las páginas de su diario, anteriores aunque dispuestas en esta carpeta en la PÁGINA SIGUIENTE.

09-09-2001
17:51

¿Tuve otro nombre? Sí, dos: antes me llamaron distinto, como mi mamá me puso después de convencer a mi papá. Sí, qué bonito mi primer nombre. Y el nuevo me mató el viejo.

09-09-2001
19:02

Caminé en medio del bosque por un atajo que mi hermano me mostró una vez. Llegué al río, seguí el agua y entré a la Austral Salmon por la puerta de las turbinas, en un galpón lleno de máquinas y un ruido infernal. Aunque a mi hermano le dio siempre lo mismo el ruido infernal. Le dio lo mismo todo, en realidad. Sólo a veces, cuando el viento se puso helado, despertó un poco para tomarme la mano o darme un beso. A pesar de su enfermedad nos comunicamos bien. Caminé entremedio de las turbinas a oscuras y todo se quedó callado de repente. Apareció el cielo azul de nuevo, el viento y las piscinas de salmones. Me desvié al bosque de vuelta a mi casa muy tarde, ya de noche. Las gotas de lluvia rebotaron en las hojas y en las ramas, los pájaros corrieron a esconderse del frío y la humedad. A mí no me importó nada la noche, el viento ni

la lluvia. Me encontré con un viejo, un viejo llorando en medio del bosque. Tampoco me dio miedo. Pero el viejo me salió persiguiendo. Yo me caí, me refalé en el barro. Quise gritar, pero el viejo asqueroso me tapó la boca, me chupó la cara y me dijo una palabra al oído.

09-09-2001
20:10
Así que el viejo me dio el nombre. Porque después de encontrarme con él fui otra. Antes de volver pasé por el patio de la iglesia y me mojé un poco con la manguera para no llegar toda sucia a la casa. Caí en cama con harta fiebre. Fui otra.

10-09-2001
13:12
Mi amiga G esparció por la sala de clases un polen que hizo a todos los babosos de mis compañeros perseguirla. Me contó de su encuentro con el gringo ese que la hizo florecerse, sin mucho detalle eso sí porque los babosos estuvieron todo el rato invitándola al lago. La acompañé a la Austral Salmon para conocer a su gringo.

10-09-2001
19:46
Mi querida G no se dio cuenta al tiro de mi cambio: el nuevo nombre me entró por el oído hasta llegar al fondo y empezó con los días, con los meses, con las estaciones a cambiarme hacia fuera, como el brote de una pepa.

10-09-2001
23:34
Me quedé dormida con la lluvia, sola igual que siempre. Los gritos de mi hermano y el llanto de mi papá, el silencio

después. De repente vi un árbol plantado frente a mi cama, con las raíces más abajo del piso y de los cimientos, mojado, oloroso como recién después del temporal. Una pesadilla.

11-09-2001
14:58
La noche se puso en silencio, uno que otro perro ladró, los grillos y los sapos cantaron. Caminé hacia el árbol con todas sus ramas, corteza, hojas dentro de mi propia pieza y lo toqué: arrugado, frondoso, áspero. Un árbol de verdad. Me quedé paralizada, abrazándome las rodillas y tiritando cuando vi una mano que salió desde atrás, que se apoyó en el tronco. No pude gritar. Y me quedé toda la noche así, mirando esa mano sobre el tronco del árbol, esperando a esa maldita persona. Hasta que sonó el despertador y me encontré tirada sobre la cama, cansadísima.

11-09-2001
18:01
La que apareció desde atrás del árbol fue una mano sucia y arrugada, como la mano del viejo. Dedos largos con los nudillos gruesos, idénticos a los míos.

12-09-2001
16:44
Caminamos con mi hermano hacia el liceo entre una neblina muy densa. Todo blanco, como bañado en leche y evaporado, apenas el contorno de las casas, el ruido de los zapatos en el camino de tierra y el sonido de fondo del lago. Me sentí más tranquila.

13-09-2001
13:39
En medio de la clase de Comunicación tuve que correr al baño para mojarme entera. Con el goteo del agua fría por mi pelo azabache algo se estremeció frente a mí, levanté los ojos y por un segundo vi pasar a alguien hacia los escusados. Revisé pero no encontré a nadie. Alguien me estuvo persiguiendo. No aquí, tal vez detrás de los espejos.

13-09-2001
21:03
Me puse a mirar mi cuerpo pilucho reflejado en la orilla del lago. Esperé que las mismas manos arrugadas y mugrientas de la corteza del árbol salieran ahora desde el agua, que me llevaran hacia adentro de una vez por todas. Pero el lago siguió quieto hasta que se llenó de pequeños círculos. De pronto se puso a llover.

14-09-2001
20:28
Fuimos con G a ver a su gringo. Llegamos a una cabaña en medio del bosque, una cabaña iluminada sólo con velas y decorada con grabados antiguos de crucifixiones de Cristo y martirios de santos medievales de nombres difíciles de recordar. Concentrado en la tele, en esa película porno que nos invitó a ver, él no soltó una sola palabra. Y nosotras nos metimos a su cama de cuatro plazas con sábanas de seda bordadas en hilo dorado a tomarnos las botellas de pisco con esos limones tan caros que compramos en el supermercado. De pronto el gringo apagó el televisor y las velas, y nos quedamos escuchando el sonido de la lluvia sobre la copa de los árboles que protegían el techo. Después nos reímos mucho cuando se metió con nosotras a la cama, tomamos unas pastillas, flotamos, me

escapé por todas las ventanas de la cabaña, subí, me precipité encima del lago y del bosque en forma de neblina. Hasta que las manos del gringo me trajeron de vuelta.

14-09-2001
21:05
Más tarde el gringo volvió a encender la tele para mostrarnos algo que él había filmado: una cámara por el bosque acercándose a los nudos de los troncos, a veces quedándose harto tiempo en un montón de hojas o en un ciempiés parado en una rama. De repente se enfocó en una figura desnuda bañándose a lo lejos en el lago. Me grabaste a mí, le dije. No, me grabó a mí, alegó G. El gringo se rió y volvió a la cama con nosotras. Más tarde me amarró con unas cuerdas y me dejó boca abajo, frente a la tele. Abrí los ojos por un momento y vi a la niña de la filmación bañándose en el río al revés. Tuve una imagen de mí de cabeza, sumergida la mitad del cuerpo flotante en el río, idéntica a uno de los Cristos crucificados en la pared de esa cabaña. También me fijé en las nubes y en los colores terrosos del suelo. Uní el lago, el cerro, los árboles, el firmamento, todo, hasta que logré armar la cara del viejo ese que me puso mi nuevo nombre. Vi su cara frente a frente otra vez, su cara horrible de placer cuando me chupó. Uno de los Cristos de la pared me devolvió la mirada.

14-09-2001
23:56
Me desperté pilucha en el suelo de la cabaña del gringo, abrazada por un hombre extraño vestido de frac blanco con una humita. Olí su pecho vomitado a la altura de mi boca. Qué asco, salí a tomar aire. Caminé un poco, me acomodé a mirar el amanecer en el lago, el lago inmóvil, la superficie, la transparente oscuridad verde del agua, lo

hondo, el barro líquido, las grietas. Me perdí. El tipo de frac se sentó a mi lado, ahora vestido sólo con una bata de toalla púrpura. Me ofreció un cigarro y fumamos en silencio mientras vimos el cielo cerrado por las nubes negras de lluvia, el sol que se coló entre ellas y me calentó la cara. Le pregunté su nombre, él me respondió: tú no me dijiste tu nombre, yo tampoco. Me ofreció trabajo en un hotel. Me pasó una tarjeta con unas iniciales y atrás un mapa. Un lugar grande y elegante, muy caro, me explicó. Le pregunté si vio a un viejo asqueroso en ese hotel. Se rió. ¡Un viejo asqueroso! Trató de darme un beso pero no lo dejé.

16-09-2001
16:03
Tuve una conversación larga con G en la clase. Le pregunté si le molestó ver a su gringo también conmigo, ella me dijo que no, que en realidad le atrajo la idea. Quise decirle a mi amiga que a mí también pero el viento helado cubrió mi interior, salió por mi boca y volvió a envolver el mundo: los días siguieron muy fríos y húmedos, como el zumbido casi imperceptible de las máquinas de la Austral Salmon todo el tiempo. Y la lluvia siguió cayendo suavemente sobre los techos de madera de Albur hasta que se pudrieron. Yo no le dije nada. G esperó mi respuesta hasta que se aburrió y puso una cara horrible. La cara del viejo. No me habló más.

16-09-2001
19:19
Me senté a llorar en una banca de la plaza, al lado del busto de Gabriela Mistral. Apareció mi hermano. Cuando me vio triste, le escupió en la cara al busto. Un tipo de la municipalidad vino a retar a mi hermano y lo obligó a limpiar

con un calcetín la cara de la Gabriela, pero mi hermano se puso violento, le metió el calcetín en el ojo al tipo y salió gritando hacia el bosque. Fui detrás de él. Empezó a llover.

16-09-2001
20:16
Como siguió lloviendo, con mi hermano nos escondimos debajo de unos árboles muy tupidos a comernos tranquilos unos chocolates que nos robamos del supermercado. Y escuchamos claramente el canto de los chincoles protegidos de la lluvia. Mi hermano comenzó a silbarles, los chincoles le cantaron algo bonito y mi hermano se me quedó dormido encima. El mundo empezó a derretirse, el viento helado de mi cuerpo empezó a disminuir de a poco. De repente un chincol me pidió que lo acompañara. Me subí a un abedul muy firme y me senté cerca del nido. Me di cuenta de que ese canto lo hizo para consolarme un poco.

18-09-2001
22:32
La municipalidad organizó una ramada en la noche, pero yo no quise ir. Me quedé acostada en la casa, leyendo para la prueba del viernes cuando de repente me vi dormida con el libro, *Madame Bovary*, sobre mi cara. Alguien tomó el libro, lo dejó en el velador, apagó la luz, se metió a mi cama y comenzó a chuparme. Yo salí corriendo hacia la puerta, aunque no pude abrirla porque en vez de manos me encontré con ramas, corteza, hojas, al final raíces. Me quedé paralizada en medio de la pieza, el tiempo empezó a pasar muy lentamente, como un líquido espeso bajando por un vidrio. La savia bajando por la ventana entreabierta fui, el árbol en mi pieza durante la pesadilla y una niña

me miró muerta de miedo desde la cama: me vi a mí misma en la oscuridad, arrinconada porque un tipo se metió a la cama con ella, conmigo, y el árbol no la dejó salir.

18-09-2001
23:18
Escapando del tipo que se metió a su cama, la niña se levantó de un salto y empezó a trepar por mi cuerpo, por el árbol. Me dolió cada vez que puse las manos sobre mi corteza, tanto que logré sacudirme a mí misma con el viento que entró por la ventana y me botó. Me vi en el suelo, el tipo me afirmó las manos, me abrió las piernas. Le pegué un puntapié y me fui arrancando por la ventana sin abrir los ojos, a pata pelada, con un pantalón de buzo y el polerón con el pato Donald estampado: así me encontraron todos en medio de la ramada, gritando, arañando, escupiendo y pateando a todos los que trataron de acercarse. Al final me tomaron entre ocho tipos, unos guardias de la salmonera y unos pacos que me llevaron al cubículo de una oficina, me manosearon un rato y me dieron un calmante. Después mi mamá me trajo a la casa. Se quedó orando calladita al lado de mi cama, me dio besos en los ojos y así me pude quedar dormida. Hasta que me despertaron primero el pastor y luego el cura, cada uno con sus preguntas imbéciles.

18-09-2001
23:41
Cuando hice el ridículo frente a todo el pueblo en la ramada vi al tipo de frac blanco con que me acosté en la cabaña del gringo. Su sonrisa entre mis gritos y mis convulsiones pude ver, también que movió la cabeza al soltar el humo de su cigarro, como diciendo que sí. Dios, alguien con humor en este infierno.

¿Qué es tener tacto? ¿Acaso no todo ser humano que toca sabe cómo tratar con delicadeza o violencia a su congénere? La táctica del proyecto de 1.323.326 es llevar el movimiento por sus páginas con los ojos, a través de esa distancia que la pantalla pone entre los sujetos hasta volverlos un paisaje de objetos que proporcionan la ilusión del azar, de que las manos de quien manipula el control del videojuego son tan ajenas al jugador como aquello que tocan, de manera que el propio tacto se vuelve también cosa lejana, objeto desasido de quien ve y no lee, y así es posible crear el efecto de que cada elemento ahí en la pantalla puede uno manipularlo, moverlo, violentarlo a la distancia, sin consecuencias. El tacto de 1.323.326 no tiene tacto, la suya es una mano que no posee ni la virtud de los estoicos para separarse de sí mismos ni la técnica de los socráticos para diferenciarse de las pasiones subjetivas por medio de la conversación con los otros; es un movimiento interno que es ajeno y sin embargo necesita de la propia voluntad para ser ejercido. El inverosímil que atraviesa el carbonizado pueblo de Albur es quizá una imagen del mismo 1.323.326 y de quien lee, de quien se levanta de su cubículo, congelado en la noche por la lectura del hielo con que la adolescente Alma cubre su cuerpo tras las agresiones sin nombre que la reducen al suelo del bosque, en su pieza, en el innominado hotel a las afueras de una industria salmonífera en Aysén, con escarcha en sus dedos ante la inminencia de ese dolor que no llega —como una máquina insectil que pierde cabeza, alguna pata, alas, y sin embargo continúa avanzando en línea recta hacia el pliegue de mi ingle—, lector que sólo puede mirar los episodios del diario íntimo con complicidad porque necesita que pronto sus espacios

se deshabiten, y entonces se acerca a la sala de cocina por los pasillos de esta universidad, busca los fósforos. Acaso 1.323.326, cuando empieza el incendio, se opone al hecho de que Alma anota que los suyos son «dedos largos con los nudillos gruesos, idénticos a los míos» y a los de quien escribe esto. Se niega a que en el bosque de su proyecto despoblado, donde sólo acecha el coleóptero, el lector sea capaz de entrar a una cabaña que sigue ahí intacta con su ojo frío, párpado sin sangre, prisma insectil que registra la visión ajena de unas adolescentes sangrantes, ultrajadas, cuya infancia está muerta con la noticia vieja de esa matanza que las autoridades de Coyhaique olvidan.

El fósforo que 1.323.326 enciende y deja caer en su cubículo, presumiblemente, es el fuego con que su proyecto necesita quemar Albur por completo para que podamos recorrerlo sin consecuencia en el videojuego. Solamente algunos espacios que son indiferentes al fuego, donde duerme la araña, se conservan acechantes: el húmedo interior de la tierra; el rescoldo de la fogata en la playa hacia donde Alma nada de noche en compañía de un muchacho tan joven como ella, y a donde la lectura puede volver en la PÁGINA 158; el lago que en su superficie aparenta un espejo frío, hecho de centenares de círculos —nudos de sentido, gotas de lluvia en su piel—, y que sin embargo llama al cuerpo indeciso de la adolescente hacia su fondo, hacia el légamo turbio donde la lectura se sumerge en la PÁGINA 28.

El animador le decía a ella que le tenían una sorpresa en el programa, entonces aparecía un viejo en silla de ruedas y sonaba música emocionante, la mujer se ponía a llorar, se levantaba, se sorbía los mocos, abrazaba al papá perdido por hartos años mientras caían papeles de colores. Los concursantes sonreían, se miraban entre ellos tomados de las manos con una sonrisa, y el locutor decía que más personas encontrarían a sus seres queridos si depositábamos en una cuenta. Del bus de las once bajaban cinco personas, uno era don José con varias cajas que apilaba y se llevaba en una mula que el Josecito había traído rodando al terminal como a las nueve de la mañana, dos gringos nuevos de la salmonera aparecían con sus impermeables, anteojos caros, uno de ellos disparaba su cámara fotográfica. También llegaba muy cansada, triste, una niña del norte que se amarraba el pelo con objetos de colores brillantes y se iba a maquillar al baño mientras los cabros bajaban el resto del equipaje de la máquina. Se había puesto a gritar como loca porque veía que le faltaba algo entre sus maletas, le subía la voz al chofer cuando él trataba de tranquilizarla diciéndole que su computador en realidad nunca había sido embarcado entre el equipaje, entonces la cabra chica cambiaba la cara, se ponía colorada y pedía disculpas diciendo que se había acordado de que se lo habían

robado en el aeropuerto de Coyhaique. Se sentaba sobre sus maletas a esperar, en un momento consultaba su reloj y se daba cuenta de que llevaba rato largo ahí, se levantaba y se asomaba por la puerta del terminal. Lo que veía le daba frío, porque cruzaba los brazos debajo de la parka azul eléctrico, sacaba un gorro chilote desde esa mochila de la que no se separaba nunca, luego se estiraba como un gato o una guagua. Había ido al baño antes y había llorado. En un momento se daba cuenta de las cámaras del terminal y fruncía la cara o sacaba la lengua, pero las morisquetas se detenían cuando veía la garita del rincón y que adentro había una persona, que esa persona que la estaba mirando era yo. Me levantaba la mano para saludar en el momento en que entraba el alcalde con su comitiva; se habían demorado porque la camioneta estaba atrapada en el barro del camino fronterizo, le pedían disculpas que ella aceptaba de mala gana mientras estrechaba las manos que le ofrecían, el alcalde se aliviaba y también sus acompañantes, diciéndole que se sintiera bienvenida a Albur en nombre de la Ilustre Municipalidad, y que esperaban que fuera un lugar donde ella se iría a iluminar.

Me tocaba más tarde comprobar que no quedaba nadie en el terminal. Abría las puertas a los perros vagabundos sólo por la noche y porque estaba lloviendo, de todas maneras yo iba a recoger sus cacas al día siguiente, al siguiente y al siguiente. Entonces apagaba los monitores, las cámaras, las ampolletas de la recepción y los tubos fluorescentes de los andenes. Cerraba con doble llave la caseta, comprobaba la oficina y el baño, movía el portón de los buses, llevaba las bolsas de basura al tambor grande, pasaba la cadena por la reja de la entrada y sacaba de mi bolsillo el candado hasta mañana. En el camino a la casa de doña Soledad me había parecido raro ver los vehículos de carabineros estacionados a la salida del bosque. Yo

había bajado la velocidad y me asomaba por la ventana del auto para ver si mi capitán quería ayuda: llamaba, llamaba, pero mi capitán no me respondía. Así que iba con la linterna delante hasta bien entrado los árboles, esperando encontrar los equipos especiales que traían desde Coyhaique, los cordones fosforescentes o los focos, pero solamente hallaba hojas, grillos, oscuridad, viento con lluvia. De repente un murmullo me había hecho apagar la linterna, me quedaba paralizado junto a un tronco cuando frente a mí se movían rumbo a lo más frondoso de los árboles tres de esos que llevaban disfraces en pleno campo, como la otra noche. Tampoco me habían visto, ni yo había querido que me vieran.

Después de la comida, un rubio policía veterano de Nueva York al principio se burlaba de un joven negro que le había tocado de compañero, pero cuando el joven disparaba desde el último piso de un edificio a un helicóptero de narcotraficantes, hiriendo al cabecilla, el veterano empezaba a guardarle respeto, aunque seguía enfureciéndose cada vez que lo encontraba en la puerta de su casa conversando muy amigo de su hija, que era bonita. Yo me asomaba al pasillo, justo cuando salía de la cocina esta muchacha del norte que había llegado al terminal. Ella me saludaba y yo no me atrevía a decirle hola. Me daba cuenta, aunque se volvía a mojar la cara una vez que entraba en el baño, que había llorado un buen rato. La Ausencia ya se había sentado en el otro sillón de la sala y me quitaba el control remoto mientras se echaba a la boca una papa cocida con mayonesa que había traído en un plato. Cambiaba otra vez de canal mientras masticaba y se soplaba las yemas de los dedos, sacudiéndolos; en ese momento yo alcanzaba a ver que un equipo de fútbol casi completo se había descontrolado cuando los contrarios metían el gol. En eso la cancha estaba invadida de tipos que no eran

futbolistas, gente rabiosa del público que con sus jugadores tomaban entre todos al delantero contrario que celebraba poniéndose el índice en la boca, alguien sacaba un cuchillo, otro sostenía una bolsa de frutas que lanzaba muy enojado. Sonaban silbatos cuando la Ausencia exclamaba qué brutos, una mujer con un bikini celeste y plateado minúsculo flotaba en una cama inflable sobre una piscina en el momento que se oía un teléfono celular. La mujer contestaba con voz sensual cuando la Ausencia exclamaba que estos degenerados de la publicidad, pero se quedaba callada cuando aparecían los indicadores económicos de otro noticiero. En otra ocasión me acercaba una papa humeante, ofreciéndome con la otra mano el paquete arrugado de mayonesa. Por la ventana se veía que la lluvia empezaba a caer más delgada, aunque seguro que a la noche el agua no iba a dejar dormir a nadie, comentaba alguien desde el pasillo, y acto seguido la Ausencia apretaba el control remoto, sostenía la Biblia que había ido a buscar, la abría y comenzaba a leerme sobre el único camino a la salvación. Sosteniendo su micrófono, vestida de cortaviento con una capucha que le tapaba el pelo liso, una periodista caminaba por el puente, observaba el río y la Ausencia saltaba del sillón, eso era acá, acá, cerraba la boca cuando aparecía el nombre de la periodista, enviada especial a la provincia de Albur, y doña Soledad se sentaba a mi lado con la Gracia, incluso al asomarse míster Seer desde su pieza por el griterío lo tomaban del brazo y lo sentaban en una de las sillas del comedor. No podía volar una mosca, se quejaba la Gracia después que le preguntara algo a su abuela sobre el almuerzo de mañana y recibiera un sonoro cállate, oh, porque se veía el viento zamarreando los árboles de acá de la plaza, el alcalde y mi capitán eran entrevistados, sonaba una música de suspenso si aparecía el lago, el bosque, las cabañas, una camioneta

completamente embarrada que se acercaba por el camino, de la cual se bajaba la periodista sonriente y seria al mismo tiempo. Juntaba las manos y nos miraba de cerca, a la fecha habían muerto cinco jóvenes en circunstancias extrañas por las inmediaciones del apacible pueblo de Albur, undécima región, modulaba de una manera exagerada que hacía a la señora Soledad y a la Ausencia invocar el santo nombre de Jesucristo, en eso crujía una puerta que por horas largas había estado cerrada, madera húmeda que se iba apretando si no se movía de su pieza la niña del norte que había llegado ayer y aún no salía; me la imaginaba asomándose apenas por el vidrio de su ventana con ojos asustados de tanto ver llover, seguramente no se daba cuenta de que uno de esos objetos de plástico que le colgaban del pelo largo se había soltado, rodaba por el suelo y se perdía en una rendija del parqué. Entonces una mujer joven de pelo rubio me sonreía. Y al sonreír los objetos a su alrededor eran arrasados por un huracán, su boca se acercaba hasta que todo era sólo dientes muy blancos, masas enormes de hueso que se volvían parte de un gráfico que mostraba cantidades de sarro, de bacterias, de desgaste que normalmente atacaban a una persona, e inesperadamente la periodista estaba acompañando en el living de su casa a la Susana, la mamá de Juan Carlos Fredes, que cada vez que hablaba de su vida en el pueblo se ponía como siempre, cansadora, murmuraba la señora Soledad, salvo cuando la periodista le preguntaba qué sentía con todo esto, porque su mandíbula empezaba a temblar ante la pregunta repetitiva, qué le diría a los que le hicieron eso a su hijo. Y con los ojos de la Susana mirando el suelo se escuchaba el canto de unos gallos acá al lado, algunos niños saliendo de la escuela a esa hora, la matraca de un camión de la salmonera, se hacía el silencio un rato mientras se acercaban los ojos apretados de la Susana, pobre Susanita, el

señor le tenía que dar fuerzas, comentaba la Ausencia y la Gracia la hacía callar ya que rápidamente el bosque pasaba en blanco y negro, después el puente y una música de violines interrumpida por chillidos. El Juan Carlos le había dado un beso en la frente a la Susana a las veinte horas del doce de abril del año noventa y siete, se abrigaba con una campera, llevaba también botas y una bufanda colorada; la Susana se acordaba también de que había gritado que iba y volvía desde la puerta, la cerraba de un puro golpe para ganarle al viento, peleaba con el viento también para que no se llevara las fotos de la última fiesta de cumpleaños del José chico, su mejor amigo desde la escuela y junto al cual se encontraba a la salida del supermercado con cuatro botellas de pisco de treinta y tres grados y dos cocacolas, insistía la periodista para que la Susana se sonara con un pañuelo y moviera la cabeza, respondiendo que sí, que alrededor de las veinte y treinta los muchachos se preparaban combinados en las mismas botellas de bebida, sentados a la orilla del lago, y se ponían a tomar mientras lanzaban piedras cada cuál más adentro, apenas decidiendo por el sonido de la piedra sumergida de golpe en el agua quién era mejor tirador. Ya borrachos seguían camino hasta la casa de la Alejandrita, la hermana mayor del José, donde se celebraba el bautizo de la segunda de sus hijas, y ahí el Juan Carlos dejaba sobre la mesa de la cocina su billetera, las fotografías y la bufanda, que seguramente había echado de menos después, de vuelta al supermercado con el José chico a altas horas de la madrugada, por supuesto lo encontraban todo cerrado, apagado, y a don José durmiendo cuando un vaquero recorría, con su sombrero café y jeans, el desierto norteamericano en su moto, el viento en sus pocas canas, larguísimos caminos abandonados hasta que encontraba una estación de bencina, se bajaba de la moto, se acercaba a una máquina expendedora,

depositaba la moneda, al momento la cajetilla caía, el vaquero masticaba un cigarrillo y se llevaba a la boca al mismo tiempo un encendedor metálico, aparecía una colorina alta que lo miraba con seriedad, apenas abriendo unos labios bien rojos que por un segundo estaban cerca y el vaquero sonreía por una vez, botando el humo, caminando hacia ella, detrás de una música de órgano ceremoniosa que acompañaba la cortina metálica de nuestro supermercado en blanco y negro, el Juan Carlos y el José chico habían comenzado a pegarle patadas a la cortina, borrachos, para despertar al papá del José y conseguirse ahí unos piscos; decía ahora mi capitán a la periodista que habían recibido una llamada del mismo don José bostezando, pidiéndole que se dieran una vueltecita por ahí si podían, y que cuando llegaron, una hora más tarde, habían encontrado al José chico apoyado en la cortina metálica un poco abierta, sumido entre varias botellas quebradas, mojado por la llovizna y temblando, mientras que el Juan Carlos había escapado corriendo más por la curadera que por respeto a mi capitán, le comentaba la Ausencia a doña Soledad, y lo mismo le iba a señalar él a la periodista, que estos muchachos ya no sabían pasarlo bien como corresponde, había aparecido la Alejandrita a preguntar por su hermano porque don José la había llamado también y ella se encargaba de que mi capitán con mi cabo pasaran mejor a la fiesta a servirse algo, un café para este frío siquiera, mientras ella se daba el trabajo de acostar al José chico, que mañana se las cantaría bien fuerte, pero todavía quedaba torta en la casa, se reían la Gracia con la señora Soledad, mientras míster Seer intentaba preguntarle a la Ausencia de qué se reían al momento en que el tercer camino lateral, los árboles de la salida del pueblo, el puente, rápido, rápido y en blanco, negro, aunque también rojo y amarillo fosforescente, pero casi siempre rojo y con música de violines,

pasaban detrás de unos zapatos, pies que circulaban entre las hojas caídas con la lluvia en el tercer camino lateral, el Juan Carlos saltaba la reja, curado, extraño, no parecía el chicoco de la Susanita que me acarreaba los parlantes para los encuentros de la misión brasileña, exclamaba la Ausencia, y la Gracia volvía a hacerla callar porque el Juan Carlos saltaba la reja para caer dentro del terminal, no me acordaba yo de esa noche hasta ese momento; me tocaba ronda de madrugada para esperar los camiones de las cinco y media, escuchaba entonces un ruido, pasos, voces, remezones, salía con la linterna aunque había encendido ya todas las luces del terminal, pasos que no eran los de los perros, esos flojos que dormían apretados contra la garita, y cuando salía a mirar quién andaba por ahí, cuando gritaba, los perros me seguían atrás, en fila, protegiéndose conmigo, sí, era esa noche en que los perros se asustaban porque alguien estaba caminando, abriendo puertas con un ruido de nariz y toses aunque no había nadie, siete minutos después tocaban la bocina en el portón del fondo, había empezado a llover otra vez aunque la neblina no dejaba ver ni los faroles, el camión aparecía y empezaban a descargar cuando un animador vestido con traje negro y blanco abrazaba a la modelo con el bikini de los mismos colores, negro y blanco, ella levantaba su brazo flacuchento y sonreía, moviendo sus piernas, de cerca aparecían las caderas, las tetas, los hombros, iba a verle la cara cuando el animador ponía toda su sonrisa y anunciaba quién era la ganadora, la periodista que paseaba a lo lejos por el puente, las manos dentro de los bolsillos de la parka como si tuviera pena, nostalgia o duda. Miraba el horizonte, después el agua del río y del mar, que era roja, roja sobre violines agudos, y a las nueve treinta de la mañana del día siguiente, trece de abril del noventa y siete, Pedro y César Trincado, que iban en bicicleta hacia

el predio de los Menéndez que cuidaban en invierno, habían hallado el cuerpo del Juan Carlos flotando en el río. Agua roja, gritos y más color rojo, luego todo estaba negro y la voz de mi capitán contaba la manera en que habían arrastrado el cuerpo a la orilla para que la corriente aumentada por la lluvia de las últimas semanas no se lo llevara, y la Ausencia seguía gritando desde la cocina frases repetitivas que estaba leyendo de la Biblia, mientras doña Soledad se levantaba pálida al baño y la Gracia trataba de terminar un chiste pero nunca se acordaba del final, era fome, decía. Se refería a las manos del cuerpo del Juan Carlos, que todos habían visto que estaban sueltas, flotando normalmente en el agua, pero mi capitán insistía en contarle a la periodista, y así se veía entre las sombras coloradas del río, pasando una detrás de otra a mucha velocidad, que el cabro había sido encontrado con las manos atadas en el agua. En ese momento la Gracia se reía mucho, le decía a su mamá que la cortara con eso de que una sola puerta, un solo camino y una sola salvación, que su abuela y míster Seer no oían, intentaban conversar por medio de gestos manuales, el gringo se tocaba los ojos, soltaba unas cuantas palabras en inglés y en castellano mal pronunciado, ¿eso, acá?, ¿eso crimen, acá?, preguntaba recibiendo la taza de té que doña Soledad le ofrecía moviendo la cabeza afirmativamente, que la cortáramos todos, gruñía la Gracia, que le daba rabia, mucha, mucha rabia tanta mentira, decía, esos perros de los narcos, gritaba, pegándole puñetazos al brazo del sillón rojo en el momento que yo escuchaba un lejano clic en la bisagra de la puerta de la niña del norte que volvía a encerrarse en su pieza mientras afuera caía una manga fuerte de lluvia y la periodista, sentada en un lugar completamente blanco con ocho pantallas en la pared, parecido a la garita del terminal, ¿no?, me decía la Ausencia en voz baja, la

periodista con la piel muy suave, los ojos claros con un borde de cosméticos idéntico a sus pestañas miraban de frente, desmintiendo esos ojos la pregunta de qué era lo que se escondía detrás del silencio de los resignados y golpeados habitantes de Albur, considerando las contradicciones de los testigos el puente y el río hacia este pequeño muelle de Aysén tendrían mucho que contar, la Gracia agachaba la cabeza para que su largo pelo liso cayera como una cortina hasta tocar el suelo, y de entre esa cortina salía un aullido en voz baja, que estas putas caras del norte iban también a hacer la limpieza a los narcos con sus reportajes; ella le seguía pegando puñetazos a los muebles después, esta niñita con el Espíritu de Ira dentro, como todos los jóvenes de acá, le explicaba la Ausencia a su madre y a míster Seer, quien sólo le ponía atención a la Gracia cuando abría la boca, tenía los dientes y los labios muy bonitos, se le formaban arrugas en la parte superior de la nariz con esa sonrisa, de a poco nos alejábamos de su cara para ver la lata de cerveza en su mano izquierda, la blusa rosada de plástico ceñida al cuerpo y abierta en el escote, la minifalda, el pelo desteñido, las piernas largas, el mar de fondo, los patines en sus pies, la otra decena de muchachas en patines y falda que, tomando cada una su cerveza, se reían a carcajadas en ese verano mientras la Gracia se sonaba las lágrimas repitiendo que malditos culiaos, culiaos, en una sala de clases en blanco y negro del liceo de acá, unos tambores y un órgano de misa, el padre del Luchito, don Iván de los transportes que trabajaba para la municipalidad seguía hablando pero su voz ya se ponía a temblar, alguien que no se alcanzaba a ver le pasaba un pañuelo y don Iván se sonaba, luego volvía por un segundo la sala del liceo, una banca con una silla del liceo tiradas en el suelo, todo rojo, un golpe de sonido y volvía la voz cantada de la periodista. Una foto carnet del Luchito

a los dieciséis años, qué joven se veía, comentaba doña Soledad, Luis Flores Belmar cursaba cuarto medio en el único establecimiento de Albur, entonaba la periodista como a las tres de la tarde, rodeada de chiquillos que iban saliendo del liceo. Se oían las campanas, el cadáver de Luis Flores Belmar había sido encontrado casi tres meses después del día en que su familia avisaba a carabineros de su desaparición, el día trece de junio de dos mil en la desembocadura del río aparecía de manera entrecortada un bulto, sirenas de patrullas se escuchaban de repente, las caras de algunas personas acá del pueblo actuando para la periodista, tapándose la boca con las manos algunos, otros tocándose la frente de tan impresionados por la persecución de un auto convertible rojo que manejaba un tipo de anteojos oscuros al que no se le movía un solo pelo, ocho patrullas norteamericanas lo seguían a toda velocidad por la carretera, el jefe de ellos estaba discutiendo acaloradamente con un hombre de traje y corbata que sudaba, rodeado de oficinistas que le iban mostrando una pantalla de radar donde se veía con claridad la posición del convertible rojo. El hombre de traje y corbata perdía la paciencia, amenazaba con acciones legales e imponía sus órdenes: dispararían. En ese momento la Ausencia le arrebataba el control remoto a la Gracia, que le gritaba de vuelta una lista rápida de garabatos y volvía a llorar, envolviéndose las rodillas con los brazos, tapándose la cara con un cojín porque la periodista entrevistaba ahora al Christian Pérez, el mejor amigo del Luchito, que apenas podía hablar de lo afectado que se veía, sí, no, no se acordaba, no sabía, frases cortas a la periodista, tan malagestado este cabro, replicaba la Ausencia en el momento que comenzaba a decir lo que había pasado sin interrumpirse ni atreverse a mirar de frente, los ojos fijos en el suelo, no, si el Luchito estaba con bajón ese día y yo nomás lo acompañaba después de

las clases en la tarde, él andaba preocupado porque las cosas con su polola, cómo se llamaba, la Carolina, no iban bien, ya cumplían los tres años ellos, así que yo como era buen amigo lo acompañaba nomás, si para eso teníamos a los amigos, para apoyar en los momentos difíciles y dar un consejo, quién no, po, en la puerta del supermercado de acá se veía muy rápido que al interior dos jóvenes de espaldas sacaban del estante cuatro botellas de pisco que pagaban en la caja. Uno de ellos encendía un cigarro, el pueblo se veía oscuro de noche salvo algunas ventanas y las espaldas de los jóvenes yendo a lo lejos hacia el camino del mirador, muy rápido se los encontraba sentados en una piedra del cerro, las luces de las casas del pueblo aparecían de nuevo, los muchachos tomaban varias veces seguidas, los vasos de plástico transparente estaban muy cerca, vacíos y luego llenos de pisco, como si fuera agua, estaba impresionada la Ausencia, pero eso, ¿agua?, preguntaba al tiro míster Seer sin entender y doña Soledad nos sorprendía diciendo que no, no water; pisco, iñor, con un gesto en que la mano empuñada de ella se inclinaba mostrando el pulgar y el dedo chico. Los vasos llenos de pisco y esta vez también de cocacola entre los dedos de los muchachos que se burlaban, apenas podíamos verlos borrosos y entrecortados, esos no eran el Luchito Flores y el Christian, abajo aparecía un cartel: *recreación*. Por poco tiempo volvía la cara del verdadero Christian mirando hacia el suelo, enojado, luego él desaparecía también pero no su voz, seguía contando que, como a la medianoche les había dado más ganas de tomar y el Luchito seguía triste, entonces habían caminado hasta la bencinera, un kilómetro a la salida del pueblo, donde por supuesto no habían encontrado trago pero sí un cigarrillo suelto y un dulce de cinco pesos, de esos redondos de color chillón en papel transparente, sin embargo se veía a los falsos Luchito

y Christian que abrían una mano y en esa mano había un dulce con envoltorio de marca visible. El Christian se había echado el dulce a la boca y conversaba con el Leo de la bencinera cuando se dio cuenta de que el Luchito se iba caminando hacia el pueblo, ahí podía verse la carretera vacía en la noche oscura y con algo de lluvia, una silueta donde apenas se distinguía la punta encendida del cigarrillo y un brazo levantado despidiéndose, nos veímos mañana compadre, decía el Christian, y sólo en ese momento podíamos ver algo en sus ojos, sin lágrimas. El Christian y el Leo de la bencinera serían los últimos en verlo con vida, la periodista contaba melódicamente cómo el envoltorio del dulce en un bolsillo de la ropa mojada había permitido identificar el cuerpo mientras la Gracia gritaba desde la cocina que esos desgraciados de la rechucha eran los asesinos, ellos, y míster Seer abría los ojos.

El fuerte viento volvía a azotar el pelo liso de la rubia que sonreía, después su boca era inmensa, cada uno de sus dientes esas otras enormes masas cubiertas de tales cantidades de placa bacteriana, tales cantidades de sarro, tales cantidades de calcio que salían de un tubo que volvíamos a ver entre sus dedos, un año después en la misma entrada del río había sido encontrado el cadáver de otro joven, pasaba el río a toda velocidad gris, luego rojo, después a todo color con la luminosidad del verano, solamente que esa era la parte alta del río, cerca del cerro hacia Argentina, y antes había sido la orilla que pasa junto al camino de Coyhaique, no la apagada entrada de río en el pueblo donde de repente había ambulancias, una luz roja de sirena de carabineros, ahí estaban esos infames, murmuraba la Gracia, y la Ausencia celebraba con un único aplauso esa palabra, infame, que dónde la había aprendido, no iba a ser que ahora leía, milagro del Señor, qué libros horribles te habían prestado esos perdidos, y la Gracia se burlaba en

su cara, le respondía que se callara mejor porque esa palabra la sacó de la Biblia nada menos, pacos infames de la conchesumadre, aprovechaba de pronunciar lentamente en el momento que la periodista se agachaba y señalaba con el dedo una poza a la orilla del río. Tomaba una piedra gris, redonda, con incrustaciones blancas, pero si eso podía ser un pedazo de concreto que había botado la salmonera en la nueva construcción, alegaba la Gracia, y su abuela movía la cabeza demostrando que estaba de acuerdo después que míster Seer inesperadamente interrumpía a la Gracia y le decía sí, la salmonera, en su chileno casi inentendible, como si hubiera descubierto algo muy importante, la periodista acercaba la piedra hasta que veíamos sus mínimos detalles, incrustaciones blancas, cierto, roca volcánica, minerales de múltiples tornasoles apenas perceptibles porque la piedra se alejaba en su mano, porque en este lugar, el mismo donde los años anteriores habían aparecido los cuerpos jóvenes de Juan Carlos Fredes y Luis Flores Belmar, Carabineros encontraba la mañana del veintisiete de noviembre de dos mil dos a Paulo Coliqueo, de veinte años, canturreaba la periodista, el Paulo, agregaba la Ausencia, la mano con la piedra se alejaba aun más hasta que la periodista estaba de cuerpo entero bajo el puente lanzándola, y la piedra recorría el cielo nublado para caer en el curso del río, al momento que la piedra entraba en la superficie del río empezaban a sonar muy fuerte unos grillos, era de noche otra vez frente al muelle del pueblo, apenas se notaba el fanal en la entrada y la otra luz bien adentro, en la punta del lote de tablas y vigas donde se estacionaba el trasbordador en la semana, entonces la Gracia interrumpía de vuelta a la Ausencia, que iba repitiendo las palabras de míster Seer, y nos decía que esas cosas de la periodista eran una mentira horrenda, qué cosas, niña, le preguntaba elevando la voz doña

Soledad, porque nadie le ponía atención esa noche en que partía el trasbordador a unas horas extrañas, fuera de lugar, los grillos no cantaban ya bajo esa música de más violines; el trasbordador hacía temblar con su movimiento las lámparas a gas de la cubierta al avanzar lentamente por la entrada de mar, es que yo en esa época trabajaba conduciendo la máquina, decía sin que lo esperáramos la voz del Mauricio chico, quien de a poco asomaba el costado de su cara casi dándonos la espalda, de frente a la periodista, que tan arreglada y pintosa movía la cabeza poniéndole atención al muy mentiroso, esa cerda, se quejaba ahora la Gracia, interrumpida por el sonoro sshh de alguien, el Mauricio chico contaba que timoneaba dos veces por semana a Puerto Aysén, se veían seis o siete botellas de pisco apiladas en una esquina de la cabina del conductor del trasbordador, y que habían ido a tomar él, dos amigos más y el Paulo a la isla Pato. La periodista le hacía varias preguntas, por qué a la isla, porque ahí podíamos quedarnos tranquilos, la vista del pueblo era bonita desde ahí, pasaba el mar frente a nosotros muy rápido y de mañana, de noche, de tarde, con lluvia, con sol, se daba vuelta el Mauricio chico, totalmente de espaldas en este momento porque empezaba a llorar, se sorbía los mocos ahora el hueón de mierda, gritaba la Gracia, hasta que míster Seer la hacía callar de un solo puñetazo contra el sillón, palabras en inglés que no entendíamos pero era claro lo que querían decir, y la Ausencia miraba inquieta a doña Soledad, que no le hacía caso, sin dejar por un momento la nuca del Mauricio chico llorando delante de nadie, porque la periodista había desaparecido de la conversación, el Mauricio chico lloraba frente al paisaje con entrada de mar de Albur cuando se ponía el sol, trataba de decir entre suspiros maricón cobarde la Gracia, y la Ausencia le subía la mano para que no blasfemara, trataba de contar el Mauricio chico

que en eso estaban, sin luces, para qué si la noche estaba despejada, se veían lindas las estrellas, aparecían unos chiquillos sentados en la isla Pato tomando vasos llenos, vacíos, llenos de nuevo, pero era un líquido transparente, no oscuro como lo que los cabros tomaban en realidad, y de nuevo esos no eran el Mauricio ni el Paulo, y estaba recién atardeciendo, faltaba para la noche estrellada todavía, se asomaban el cartelito de *recreación* y la voz de la periodista, también la lancha de mi capitán con su tremendo foco que alumbraba los vasos, las manos, la cara asustada de un actor que hacía de Mauricio chico y entonces su voz seguía contando, a este desgraciado le pagaron, agregaba la Gracia, que cuando Carabineros pasaba cerca de la isla en una ronda normal el Paulo se había puesto paranoico, había corrido por la isla hasta el otro lado y se había tirado al agua para volver al pueblo nadando, pero era de noche, estaba oscuro, habían tomado tanto. Miserables de la concha, la Gracia lavaba algunas tazas en la cocina y sin embargo se escuchaban sus lamentos, la periodista se ponía coquetamente la mano en la oreja para recogerse un mechón de pelo que el viento le había desordenado, pero antes de tocarse se daba cuenta de que la piedra que acababa de lanzar al río estaba toda entierrada, y que seguramente le habría quedado algo de polvo en las yemas, en la palma, al mismo tiempo que comenzaba a aparecer de vez en cuando un cuerpo mojado en la entrada del río al mar, apenas, apenas interrumpía el movimiento con que la periodista se limpiaba en el pantalón un muchacho que intentaba nadar de noche, borracho, ¿quién se preguntaba por qué quería escaparse?, me decía la Gracia, y la periodista agregaba que el cuerpo del joven Paulo Coliqueo, al ser levantado de entre el fango esa mañana, presentaba uno coma setenta y dos gramos de alcohol por litro de sangre en su alcoholemia. Las canas del vaquero

en su moto, sus manos que encendían un cigarrillo frente a una trigueña ahora daban paso a ese hombre vestido con una camisa azul ante el computador, su sonrisa y las noticias que nos contaba, atrás más pantallas, pantallas cuadradas, chicas, planas, el Presidente de Estados Unidos le ofrecía la mano a un hombre de turbante que iba a darle un beso en el cuello, largas pantallas negras por donde se trasladaban hacia la izquierda puntos de luces verdes fosforescentes que formaban palabras y sin detenerse eran parte de frases, movimiento telúrico en la tercera región, la selección clasificó por dos goles a uno, la trigueña abría sus labios húmedos, el vaquero comenzaba a caminar hacia ella y luego decenas de gatos amarillos de juguete recorrían el valle siguiendo una carrera en la que iban cayendo uno por uno y quedaban durmiendo a pleno sol, los flojos, se reía la Gracia con la Ausencia mientras le echaban sacarina al café de míster Seer y me ofrecían una galleta de chocolate rellena de chocolate; estaban discutiendo hija, madre y abuela sobre algo que había hecho míster Seer, quien parecía dormir en el sillón con el control remoto en la mano para que volviera el vaquero a subirse a la moto con su sombrero negro, a toda velocidad aparecían los caminos secos y enormes, la estación de bencina donde lo esperaba otra vez la máquina expendedora de cigarros, la Ausencia levantaba la mano y le pegaba un tapaboca a la Gracia, el sonido del impacto era bastante fuerte. En ese momento todos nos quedábamos en silencio, con los ojos que casi se le salían la Gracia llevaba la punta de los dedos hacia sus labios, moviendo la cabeza la periodista iba caminando entre los árboles de los bosques camino a Puerto Aysén, cubierta por una chaqueta de múltiples bolsillos inútiles, sus brazos iban agarrando las ramas, el pelo brillante amarrado en una cola, botas negras con amarillo, morado, azul metálico y un largo cierre;

nunca había visto ese tipo de ropa, comentaba la Ausencia, pero nadie le respondía, ni doña Soledad, que intentaba taparse con la manta, ni la Gracia, que le echaba palos a la cocina, y esos aros tan vistosos nadie los usaba nunca en el bosque, continuaba la Ausencia porque no le importaba el silencio, cuando la periodista se detenía y mostraba el lugar donde las chiquillas habían construido un techo de madera para que la lluvia no apagara las velas que le prendían todas las semanas al recuerdo de la Almita, e inmediatamente la Gracia se cubría la cara con las manos, arrinconada entre unos cojines al fondo del living, detrás de los sillones; la periodista se agachaba, desprendía una de las velas y con su mano nos acercaba la llama entre los alaridos de la Gracia, que resoplaba como un caballo, y de la Ausencia, que también a gritos la hacía callar, dándose vuelta con vergüenza hacia míster Seer y hacia mí, pidiéndonos disculpas, cada una intentaba hablar más fuerte que la otra; los insultos de la Gracia, que lloraba y llamaba a gritos a la Almita, se mezclaban con las oraciones en lenguas inentendibles de la Ausencia; la periodista acercaba todavía más la llama, poco a poco la luz se iba alejando, pero ya no era la llama de una vela, sino el foco de un auto, el auto de José Miguel Espinoza, el auto que la madrugada del dos de diciembre de dos mil uno volvía hacia Albur después de la desenfrenada noche de drogas, alcohol y sexo de siete jóvenes lugareños en una de las cabañas del complejo turístico Bosquemar, al borde del lago que unía Albur y Puerto Aysén, aseguraba la periodista entre las cejas levantadas de doña Soledad y la sonrisa que duraba menos de un segundo en la boca de míster Seer cuando levantaba su café y lo sorbía, el auto del Josemi que seguía andando por el camino al ritmo de la música a todo volumen de su radio, voces que cantaban, risas, conversaciones de muchachos aunque

claramente no eran sus voces, la de la periodista que seguía hablando, sin detenerse sobre el auto que se estacionaba a la orilla del lago, de los siete jóvenes que ese fin de semana habían salido a divertirse para ser sorprendidos por la muerte de Alma Valdivia, una de las dos mujeres que iban en ese carrete fatal, decía la periodista mientras bajaba por la ladera desde la berma del camino donde habían dejado el auto hasta el bosque; ella miraba cada cierto tiempo hacia atrás para vernos de frente, no podía evitar la Ausencia su comentario, que esa mujer era bonita pero usaba demasiado maquillaje, parecía una de esas, y tampoco la Gracia evitaba reaccionar levantándose del sillón, botando su taza con té hirviendo en la alfombra sin que le importara, la indolente, se quejaba la Ausencia mientras iba a buscar un paño, la Gracia daba un portazo y se encerraba en su pieza con su ruidal de guitarras y tambores, no parecía oír los reclamos que cada cinco minutos lanzaba la Ausencia a golpes en su puerta, golpes que de todas maneras lograban hacer girar la manilla de la pieza contigua, la de la muchacha del norte que apenas se asomaba para preguntarle algo, y la Ausencia le ofrecía disculpas en el momento que la periodista salía del bosque y se enfrentaba al lago, abría los brazos, se la veía respirar con los ojos cerrados, disfrutando la brisa fría que le desordenaba el pelo claro y su voz seguía hablando, no se detenía aunque tuviera la boca cerrada y respirara hondo el aire del lago, exactamente lo que la joven Alma había tenido ganas de hacer esa mañana, renovarse con la belleza de los paisajes australes, embeberse de naturaleza para olvidar por un momento los sórdidos hechos de la noche anterior, decía la periodista, porque de repente era ella la que estaba de espaldas, moviendo la cabeza muy concentrada y frente a nosotros, con los ojos hinchados, y la Gracia quien respondía sus preguntas; la misma Gracia

que subía el volumen de la radio allá en su pieza ahora estaba pálida moviendo la cabeza como si durmiera, con el pelo amarrado, la piel casi azul de lo cerca que se veía, sus ojeras, los labios en todo caso se los había pintado especialmente brillosos, resaltaba esa boca carnuda que tenía cuando toda la cara se le quedaba tensa, a la espera, los párpados apenas caídos, esa boca apenas se movía de vez en cuando para responder que sí, que no, que eso era mentira, que así sí, que quizás, po, que hasta cuándo con eso, que es falso, en un momento respiraba hondo y entonces parecía tranquilizarse, los ojos ahí se le aclaraban para dejar ver la pena, un parpadeo de miedo también como si todavía fuera la niña chica, luego volvía a endurecerse y a lanzarle respuestas cortantes a la periodista, que forzaba su entonación aguda para seguir hablando de las cosas que en el pueblo se rumoreaban de la Alma, y ante cada pregunta no sólo estaba el detalle de la cara de la Gracia muy blanca, sino también pasaba apenas un cuerpo de mujer flotando en el río de madrugada, la sombra nomás del cuerpo a pesar de que el río reflejaba esa mañana el brillo del sol, como si la hubieran pintado a la pobre, murmuraba doña Soledad, ahora seria y temblándole la taza de té en el plato mientras la Ausencia, por el contrario, se había tragado el último de sus aullidos que buscaban terminar con el dominio del Príncipe de Este Mundo en la radio de la niña, que lo único que nos iba a traer era divisiones, enfermedades y muerte, los frutos de la violencia, Gracia; su cara aparecía tan de cerca, tan seria y tan llorosa para responderle a la periodista que sí, que ella y la Alma habían viajado con los chiquillos a las cabañas ese fin de semana para estar juntas, para pasarlo bien un rato, y en un abrir y cerrar de ojos desaparecía el sendero por el que se entraba a Bosquemar, el portón de madera con el cartel de latón oxidado que mi capitán clausuraba

con cintas fluorescentes, la vista panorámica de las seis cabañas desde el otro lado del lago con anteojos largavista, una cabaña sobre la otra y sobre la otra, así se veía la ladera del cerro, le explicaba doña Soledad a míster Seer, con palabras rápidas para poder seguir escuchando, aunque míster Seer no quería saber del silencio que se había hecho ahí en el living y observaba las manos de la Ausencia, cómo ella se tomaba la cabeza, se aferraba a la Biblia y exclamaba ayúdame, Señor, cuando su hija contestaba que sí, que la Alma había tenido relaciones sexuales con el Josemi, el pololo de la Gracia, el ex pololo de la Gracia, corregía doña Soledad con la boca abierta mientras se hacían visibles las sombras de dos personas abrazadas contra una pared a través de la ventana de la cabaña, y una niña que no era la Gracia aunque se parecía los observaba desde afuera, desde el balcón de la cabaña de abajo, con un vaso plástico los observaba en blanco y negro, no era la Gracia aunque sí su cara seria, y en sus ojos no se podía hallar ni pena ni rabia ni intención de decir lo que decía, porque no era ella aunque se parecían esos ojos, y abajo el cartel decía *recreación* cuando dos cabros salían del interior de esa otra cabaña, uno vestido con pantalones y chaleco, el otro a pata pelada, apenas traía una bata que se le abría, desconocidos que la abrazaban por la espalda mientras un tercero, también en blanco y negro, les alcanzaba una botella de pisco cuando volvía el detalle de los ojos de la falsa Gracia por un momento, ya no ojos blancos y negros sino colorados, muy colorados, con una música alarmante que acompañaba la voz ronca que nunca había escuchado en la Gracia y que volvía a decir que ella no, ella había dormido en la cabaña con los otros cuatro, la periodista leía bruscamente los nombres de los muchachos, Jonathan Pérez, Ángel Coliqueo —primo hermano del fallecido Paulo Coliqueo—, Jorge Capellán, Rodrigo

Acevedo y Víctor Bravo González, nombres a los que la Gracia respondía con un desganado ellos eran, y dos muchachos abrazaban a la Gracia por la espalda, se oían risas, ahora sonidos de botellas que se quebraban acompañados de manos, hombros piluchos, luces tan rápidas que la Ausencia suspiraba murmuraciones en lenguas, una piel de cerca donde se veía una gota de sudor, las uñas de dos dedos que se enterraban en esa piel y le marcaban un surco a esa gota de sudor, las mismas manos que abrían un paquete de papel y sacaban el polvo de la cocaína para formar líneas cortas encima de otra piel más pálida, de poros finos, entre la ventolera del verano acá en el pueblo que sonaba con aullidos de perros inquietos al alba también se volvían inconfundibles los jadeos de una pareja, y la Ausencia se levantaba con la boca abierta, ya sin poder soltar una palabra, adónde ibas, hija, le preguntaba doña Soledad y la Ausencia no respondía, se quedaba ahí como si ya no le importara nada, así de seria nunca la había visto, y así se alejaba de las narices con tubos que ahora se iban inclinando sobre el polvo mientras la voz de la Gracia volvía para reclamar que no, que ella había dormido solamente con dos de ellos, los otros se habían pasado a la cabaña sin avisar, y luego decía que sí en voz baja. Cuando la periodista con la cara seria le preguntaba si entonces la Alma estaba con cuatro muchachos esa noche la Gracia cerraba los ojos, apretando un labio grueso contra el otro con tanta fuerza que la próxima vez que iba a decir algo ya no le quedaba colorada la boca, sino rosada, blanca, fría en el momento que suspiraba, porque mordía con los dientes inferiores el labio de arriba a punto de explotar de rabia como siempre, mientras la periodista seguía haciéndole preguntas, Gracia, tú que habías decidido contar toda la verdad para limpiar el recuerdo de tu mejor amiga, cuando los hoyos de su nariz se expandían y la Ausencia

hacía sonar en la oscuridad del pasillo una llave que metía en la cerradura de la pieza de su hija. Entraba abriendo de golpe la puerta, se alcanzaban a escuchar los últimos tambores y guitarras de la radio, los gritos sorprendidos de la Gracia, por qué invadían su privacidad, qué se habían creído, la cara de la Gracia alcanzaba a dominarse y devolvía la mirada al suelo, la periodista aprovechaba el gesto para decirle que entendíamos su dolor, que nos preocupábamos de llevar la justicia hasta el fondo; míster Seer aprobaba esas palabras, se acercaba inmediatamente a doña Soledad, que le devolvía una sonrisa y una afirmación con la cabeza, llegaba a todos el olor del humo de la pieza de la Gracia cuando la Ausencia entraba y volvía a cerrar la puerta, cuando la distorsión de esa música se apagaba y seguían los gritos de la madre y de la hija, la noche estaba silenciosa y tranquila, contaba la Gracia llevándose una mano a la oreja para ordenarse el pelo, no queríamos hacer ni hacíamos nada malo, nada que tuviera que provocar escándalo, comparado con las cosas que estaban pasando siempre aquí, en el norte y en todo el mundo, era nuestra vida y eso nos importaba sólo a nosotras, otra voz comenzaba a interrumpirla, el paisaje de Aysén a vuelo de pájaro, los bosques, el lago y el río, el pueblo, algunos caminos asfaltados, senderos de ripio, huellas de tierra e incluso algunos cultivos de hortalizas al interior de los jardines de las casas parecían dibujos de niños chicos, las construcciones chiquititas eran de juguete y en algunos predios el ganado se juntaba como hormiguero, poco a poco nos acercábamos al camino desde Puerto Aysén a Albur y aterrizábamos sobre el todoterreno rojo que recién le habían comprado al Josemi y tomaba a toda velocidad las curvas, entre las risas de varios cabros distintos, pero no era fácil reconocer las de las niñas porque la voz del Josemi se había ido superponiendo hasta que ya la Gracia

dejaba de oírse diciendo que los cuerpos eran de ellas solamente y de nadie más; quedaba sólo el Josemi, su cara con un poco de barba después de que mi capitán lo había dejado varias noches en la comisaría esperando a la jueza, quien al final comunicaba que vendría el mes que viene, por lo que el Josemi era puesto en libertad vigilada y acompañado por la periodista abría la boca, mostraba en su cara las pocas horas de sueño y encima se sentía culposo por el accidente, contaba, primero había pedido disculpas a todos los que lo estuvieran viendo por su torpeza, había sido sólo eso, un error y nada más, ni delito ni mucho menos hacerle daño a las personas que quería, y el todoterreno rojo aparecía en lugar de su cara, en blanco y negro, después completamente rojo, también las caras borrosas de los cabros que se suponía eran los siete de las cabañas de Bosquemar que estaban volviendo a Albur, entonces uno de ellos asomaba la mitad del cuerpo por la ventana, iba cantando mientras levantaba la botella de pisco y una niña de pelo largo salía por la misma ventana a ayudarlo, a reírse con él, a pedirle que no fuera loco pero no, no se trataba ni de la Almita ni de la Gracia porque el cartel de *recreación* acompañaba las palabras lentas del Josemi, no, nos volvíamos animados la mañana después del carrete, decía, y míster Seer se fijaba en la sonrisa de doña Soledad, movía su cabeza otra vez, con la mano temblorosa rebuscaba en los bolsillos del chaquetón con que se tapaba los pies, encontraba la pipa y empezaba a encenderla lentamente, primero tenía que acordarse de dónde había dejado la bolsa de tabaco, después elegir alguna hoja no molida, vaciar un poco la pipa que como siempre se había tapado y llenarla, encontrar los fósforos; la Alma se veía más alegre que nunca, le respondía parpadeando el Josemi a la periodista, que acercaba una libretita donde escribía algo respingando la nariz, se veía bien aunque

estaba demasiado maquillada, se reía doña Soledad, el todoterreno rojo aceleraba en el momento que un camión
giraba inesperadamente hacia el cruce de la salmonera,
entonces se hacía el silencio y el negro, la oscuridad to-
tal que sólo era interrumpida por unos quejidos del Josemi y unas palabras que apenas se le entendían, yo no había
visto el camión, seguido de árboles, troncos, ramas, hojas,
el barro de la ladera del camino, el cielo recién azul de la
mañana en verano, gritos, las cosas se detenían y desde lejos un cuerpo de silueta curvada y pelo largo, una mujer,
era arrastrada por seis muchachos a través del follaje seco
de los árboles y el aviso de que esto era una *recreación*; no
era cierto, sollozaba el Josemi sobre los violines que empezaban a oírse cuando apenas unas sombras levantaban
a la Alma y la lanzaban al lago, un cuerpo pesado se zam-
bullía después de cuatro o cinco metros de caída y alguien
le pasaba un pañuelo al Josemi, que subía la mirada justo
cuando se estaba sonando, hacía una pausa y decía que no
la había matado, que lo juraba, que de todas maneras era
el peor error que alguien podía cometer y que desde ya
quería pedirle perdón a la familia de la Alma, aunque lo
importante era que al final habían encontrado el cuerpo,
pronunciaba en un castellano bastante entendible míster
Seer y doña Soledad lo miraba nuevamente con sorpresa, sacando las manos de bajo la manta le quitaba la pipa
de la boca y la destapaba con una horquilla para el pelo
que la Gracia había dejado en algún rincón cuando afuera el goterío se convertía en diluvio, las planchas de zinc
de los techos le agregaban bulla al crujido de las puertas y
ventanas de las piezas, lo que pasaba era que teníamos
mucho miedo, eso y la curadera, agregaba el Josemi con
un suspiro, el brillo del sol y las algas del lago pasaban rápidamente hasta llegar donde la periodista, que nos observaba seria con las casas del pueblo al fondo y juntaba los

dedos de la mano en un arco abierto, interrumpida de vez en cuando por un grupo de carabineros en la camioneta patrulla, y mi capitán revisaba una marca invisible en la tierra húmeda a la orilla del lago, movía la cabeza y gritaba algo que se perdía bajo la voz de la periodista, quien contaba que gracias a su eficaz labor sólo veinticuatro horas después, sólo veinticuatro horas después, decía y se interrumpía, se quedaba con unas personas que estaban haciendo hoyos con palas, con un equipo de buzos que jamás en la vida habíamos visto y con tres helicópteros que convulsionaban la superficie del lago de tan bajo que volaban, mientras doña Soledad no podía aguantarse una carcajada tan fuerte que apagaba el fósforo con que iba a prender la pipa y se tenía que levantar hacia la cocina para buscar otra caja, mi capitán le daba su juramento a la periodista, que esta vez ponía entre ellos una máquina grabadora cuyos cabezales no se estaban moviendo, descubría míster Seer con otro guiño, y aunque las puertas de los dormitorios volvían a crujir no se notaba que nadie saliera de la pieza de la Gracia, ni tampoco ya los gritos de la Ausencia, ni los gruñidos de las guitarras eléctricas; doña Soledad abría la puerta de la pieza donde dormía la niña recién llegada del norte y no había luz adentro, dónde y cuándo había salido mi capitán a hacer esas diligencias, ese intenso despliegue, esa mancomunación de esfuerzos en pro de la tranquilidad de los vecinos de Albur, Aysén y Coyhaique, preguntaba la periodista, y ojo que la máquina grabadora había ido alejándose desde la cara de mi capitán hasta desaparecer totalmente, agregaba míster Seer, levantándose del sillón con la pipa en la mano, masticando algunos garabatos en inglés, a ver qué le había pasado a doña Soledad en la cocina que se demoraba tanto, cuando una niña aparecía al amanecer con su pelo negro largo, jeans y una parka, igual que la Alma caminaba,

la misma figura si uno la veía desde lejos por el bosque trepaba a un árbol en blanco y negro sobre una música que de a poco iba cubriendo los informes que estaba leyendo mi capitán, la cara de la Alma borrosa en una foto cuando la melodía estaba más triste, una vez más aparecía el cartel de *recreación* en el momento que otra muchacha, de pelo también oscuro pero corto y con algunas mechas pintadas de verde, imitaba la figura de la Gracia apoyándose en el tronco de un árbol, miraba hacia arriba y abría la boca con cara de preocupación, le pedía a su amiga por favor pero no se oía qué más, sólo que se interponía la verdadera voz de la Gracia, su voz furiosa gritaba que mi capitán estaba mintiendo, que lo obligaban al José Miguel a inventar eso del accidente, cómo se le ocurría a alguien creer que sus amigos la habíamos tirado muerta al lago, decía, y nos miraba ahora sí a los ojos, estiraba una mano de uñas largas puntudas sin pintura esta vez que querían agarrar algo, que nos indicaban algo, una estupidez del porte de un buque, discutían desde la cocina doña Soledad y alguien más, consolaba a la Ausencia o a la Gracia tal vez, me preguntaba míster Seer, que volvía con la pipa encendida y un vaso de su whisky en la otra mano, se acomodaba con lentitud, levantaba los pies, se tapaba con la manta y me guiñaba un ojo; estaba hablando con una mujer nueva que venía de Santiago, me decía brindando, y la Gracia contaba que no lo estaban pasando bien esa noche, que en realidad ella sí pero la Alma hacía meses que andaba deprimida, una actriz como la Alma bajaba rama por rama ese árbol del bosque donde se había escondido, las caras borrosas hablaban algo inaudible y luego sus cuerpos de mentira se abrazaban, se fundían con el lago de fondo, entre los claros azules que algunos árboles mostraban cuando corría un poco de viento, ese día estaba muy despejado, contaba la Gracia, mientras oíamos cada vez

más alto las discusiones de la cocina, no entendía si eran
carcajadas, llantos o quejidos, y míster Seer permanecía
fumando, fumando y viendo a la Gracia de espaldas, a la
actriz como la Gracia en el mismo todoterreno rojo del
Josemi alrededor de las once de la mañana, el sol estaba
pegando fuerte, comentaba, y apenas se distinguía la nuca
de la periodista entre el humo de la pipa que empezaba a
llenar el living y el espacio que ocupaban en los asientos
los siete cabros que no eran el Josemi, ni la Gracia, ni el
Johnny, ni el Víctor, ni el Rorro ni el Angelito ni el Jorge
ni tampoco la Almita, que iba desvanecida en el asiento
del copiloto con la cabeza sobre el marco de la ventana,
el brazo le caía por la puerta, se levantaba con el viento
de tanta velocidad que agarraba el auto y su mano chica parecía inerte por un segundo; esa mañana estábamos
con mucha caña, con resaca, corregía la periodista, pero
la Gracia no le hacía caso, el auto rojo se paraba sobre el
segundo puente hacia Puerto Aysén, en la Piedra de Agua
habíamos parado para sacar nalcas que íbamos a preparar
al almuerzo, contaba, y algunos se querían meter a nadar en pelota, desnudos, respondía la periodista, en el río,
aunque hacía calor ni yo ni la Alma teníamos ganas, entonces las fotos pasaban a toda velocidad, el río se alejaba
del camino y después de una postal en blanco y negro de
la Piedra de Agua los cabros estaban rayando el lugar con
sprays de colores chillones, rojo de nuevo, amarillo, plateado y dorado, nadie entendía esos dibujos, parecían árboles y también grandes hojas de nalca, verdes, amarillos
y tan colorados cuando la falsa Alma se subía a la punta de la roca, abría los brazos con fuerza y en sus labios
uno podía darse cuenta de que estaba gritando que se iba a
morir. La Gracia bajaba la cabeza, se dejaba caer hacia
atrás porque la periodista le estaba tapando la cara y con
un parpadeo se hacía a un lado para que todos pudiéramos

verle una lágrima en la cara, en su cara que no estaba triste sino furiosa, y se pasaba la mano, la lágrima desaparecía, peleábamos y yo veía que ella arrancaba hacia el bosque en la desembocadura del río, no sabía que nunca más la iba a ver, y estaba segura de que ahí la esperaban ellos, ellos, ellos, trataba de gritar la Gracia debajo de la voz suave con que la periodista hablaba de algunos de los misterios de Albur, un pequeño pueblo austral donde la justicia aún no llegaba al fondo del asunto. Míster Seer sonreía y alargaba hacia mí una mano vieja con el vaso de whisky. Yo lo ayudaba y él así podía acercarse a la mesita, apoderarse del control remoto, se daba vuelta hacia la cocina y se me quedaba mirando fijo, con las cejas torcidas cuando escuchábamos que doña Soledad seguía hablando. Con la niña nueva. Me mostraba lo que no había en vez de sus dientes.

Es erróneo considerar que el guión del videojuego que la Comisión planea vender es un panóptico de Albur. No hay punto de vista, perspectiva, mirada, panorámica, observación, observancia en estas páginas que acabamos ya de leer, de escribir y de jugar. Son palabras que posibilitan la muerte de Alma, palabras que llevan al innominado protagonista a desintegrarse en las etapas, palabras que obligan a la mujer que escribe a salir de su pieza en la pensión hacia el lugar donde la espera su acechador, palabras que ponen la llamarada alrededor de 1.323.326 —pero no de estas páginas que de modo inverosímil se salvan del incendio—, palabras que debo en un punto dejar de anotar para correr lo más rápido posible hacia la puerta que lleva al bosque donde me perderé: escribiré en futuro, sólo así dejaré atrás lo indefinido, eso imperfecto, este mundo condicional y el presente, el presente, el presente. Anotaré

antes otra hipótesis más sencilla: Albur será un campo de pruebas donde la Comisión para la Inversión en Nuevas Tecnologías pondrá en práctica el más nuevo artefacto de entretención bélica: a través de procesos integrados satelitales e inalámbricos, en la comodidad de sus salas los consumidores de cualquier país del mundo desarrollado podrán acechar a personajes en carne y hueso de lugares remotos: dadas las reacciones inesperadas de sus conciencias premodernas, esos excelentes antagonistas dejarán de ser actores irrelevantes en la productividad global: la interacción con ellos podrá exceder cualquier norma legal o instintiva de conducta gregaria según las necesidades de quien va a jugar, las cuales en las partidas de prueba acaecidas en Aysén llegarán incluso al asesinato, la violación, la tortura física, la desaparición en el lago de una docena de jóvenes personajes en carne y hueso de la localidad: por ejemplo, a una de ellas —la adolescente llamada Alma— el jugador podrá descuartizarla con el fin de repartir sus miembros en los parajes vírgenes de estas hermosas regiones australes: habrá llegado el momento de deshacerse también de tanta maquinaria electrónica, tanta chatarra incómoda, insalubre, contaminante: el negocio dejará atrás la experiencia corporal, volverá a las palabras, omnipresentes y módicas: ya no video, aunque siempre juego; ya no mirada, aunque siempre vigilancia; ya no tiempo verbal, aunque siempre infinitivo: dejar esto, pararme, correr a leer por último a cualquier página, LA 71 O LA 74: nunca detenerme.

Nos pasamos bajo la lluvia buscando a mi hermano toda la noche y el día. Examinamos los alrededores del lago, nos metimos al bosque, preguntamos en el supermercado, en la estación de buses y a la gente de la municipalidad. Golpeamos las puertas de las casas al amanecer y nos salieron a recibir hombres en piyama que me insultaron, que me dijeron puta. Y en vez de defenderme, mi papá se quedó observando cada vez desde la camioneta, sin responder nada. Después, cuando mi mamá se fue a orar con el pastor para dejarle mi hermano a Dios en su desgracia, mi papá me invitó al supermercado a comer algo. Pedí un café cargado, mi papá se sentó conmigo y mientras sorbió su vaso me contó muy despacito que en el trabajo se le acercó un guardia de seguridad a ofrecerle una película porno. Me reí. Le pregunté si la compró y mi papá empezó a temblar: no, el guardia no quiso vendérsela, sino que le pidió plata para justamente no venderla. Me atraganté. El tipo del supermercado me pasó un vaso de agua, lo traté de tomar pero se me cayó de las manos. Igual que afuera la lluvia siguió cayendo.

Todo empezó cuando volví al alba desde la cabaña del gringo. Caminé por el bosque lo más rápido que el dolor de allá abajo me dejó, crucé el pueblo y abrí muy callada la ventana de mi pieza. Apenas estuve adentro mi papá me llamó desde el living, sentado en el sofá, vestido, todas las luces encendidas y mi almohada en su falda. Con mi mamá discutieron a gritos. Mi papá me empujó tan fuerte que caí con las piernas abiertas en medio de la alfombra, donde quedaron algunas manchas de sangre. Después de los alaridos mi papá se fue a llorar al baño. Volvió al living mucho después, preguntándome qué castigo quise conseguir. Yo me reí en su cara. Entonces volvió a la gritadera, pero no le pude entender nada ya, confundida entre su voz, sus manotazos contra la pared y el murmullo de las cañerías, porque en ese momento mi hermano fue a abrir todas las llaves de agua de mi casa. Dio la ducha, el lavatorio, la tina, el lavaplatos, el lavadero, la manguera del jardín. Ahí tirada en la alfombra me tranquilizó el agua cayendo sobre los techos de Albur y corriendo en el suelo de mi casa, llegando hasta mí. Mi papá nunca puso un dedo sobre mi hermano antes de esa mañana, cuando lo pescó de la oreja y lo llevó a cerrar las llaves; mi hermano se dejó caer, vi los ojos casi saliéndose de su cara, que mi papá arrastró por el pasillo mojado. Después mi hermano volvió al living con la boca inflada; le vi caer una gota por el labio y que luego toda esa agua con saliva brotó encima de la mesa del living, sobre la foto familiar de los cuatro sonriendo cuando fuimos a las Torres del Paine. Finalmente mi hermano abrió la puerta y se fue corriendo.

27-10-2001
23:58

En el supermercado supe dónde estaba mi hermano. Cerré los ojos y corrí, para qué tenerlos abiertos con esa cantidad de lluvia cayendo desde el cielo negro. Me tropecé en el barro, me levanté apenas y seguí corriendo. Lo mismo la segunda vez, la siguiente y la siguiente. Hasta que no pude levantarme del cansancio. Entonces un escarabajo brillante pasó cerca de mi cara, una madre de la culebra muy apurada por llegar a los árboles y que sin embargo se detuvo a pincharme un poco los párpados sin hacerme daño, para decirme que decidió salir a recorrer días antes el enorme descampado peligroso, entre las patas trituradoras de los animales grandes y el pico devorador de los pájaros, porque supo desde el principio que yo me caí ahí, justo en su camino. La tomé entre mis dedos, caminé bosque adentro para dejarla entre unos troncos, en el lugar donde encontré el polerón de mi hermano. Supe adónde ir, corrí hasta la Austral Salmon. Un guardia quiso pararme pero fui más rápida, más resbalosa de agua y de sudor que él, hasta que llegué al subterráneo donde antes me llevó el tipo de frac blanco, al pasillo, a esa sala oscura hecha completamente de vidrio, a ese enorme acuario. Sentado ahí, apenas con el mínimo reflejo del agua pantanosa sobre su cara y observando muy tranquilo los salmones que nadie pudo ver, encontré a mi hermano. Él me sonrió, me tomó la mano. No le pregunté nada, sólo me apoyé en su hombro y me quedé dormida.

31-11-2001
11:59

Los días siguientes me los pasé encerrada en mi pieza. De todas maneras pude escaparme a trabajar cada vez que mi papá llegó cansado de la salmonera, mientras las gotas se

dejaron caer lentas y espaciadamente en el lavaplatos de la cocina. Tuc, tuc. Tuc, tuc. Afuera la lluvia disminuyó hasta volverse un cepillado de agua en el cielo de Albur. Todo permaneció en silencio. Esas noches me puse el vestido corto colorado con escote, la humita plateada, las medias brillantes que el tipo de frac blanco me entregó a la salida del liceo. Cada vez me miré al espejo con una vela, para no correr el riesgo de despertar a mi papá: muy bien, pensé. Encontré ahí a otra persona, no pude dejar de mirarme. Y me quedé paralizada en esa imagen. Quise entrar en el espejo o encontrar esa imagen fuera de ahí para poder agarrarme a esa mujer. Quise verme a mí desde otra parte, tocarme, llevarme a una pieza con los ojos cerrados para compartir eso que sintieron todos al acostarse conmigo.

También acerqué cada una de las veces la palmatoria de la vela al espejo. En la penumbra sólo pude distinguir los contornos de mi cuerpo; el resto de mi pieza, de mi casa, se quedó en la oscuridad. Cada una de las veces también tuve miedo cuando mantuve la vela demasiado cerca y vi cómo la llama empezó a empañar, a tostar, finalmente a quemar ese rincón del espejo. Las ventanas siguieron cerradas como siempre, la noche siguió quieta cada vez y sin embargo vino un viento que no apagó la llama, que la hizo más feroz cuando botó la vela unos metros más allá. Fue un viento helado el que vino, y vino desde dentro de mí.

31-11-2001

22:59

Entre el fuego caminé de noche bajo mi paraguas hasta el final del bosque, llevando en mi mochila de dibujos japoneses el traje de baño y la bata de toalla blanca que me regalaron. Alcancé a tomar la camioneta junto con las otras niñas, que gritaron y se rieron al recibir champaña y

pastillas. La última noche, cuando con la falda de seda me puse a limpiarle la sangre a la niña mayor, me pidió una de mis historias para poder quedarse dormida. Le hablé de un pájaro que vi, un pájaro tan blanco que no pude mirarlo por más de un segundo; un pájaro que cada vez que salí de amanecida del trabajo me recibió con su canto bajo, largo y aflautado desde la rama más alta de las inmensas araucarias a la entrada del hotel. No quise decirle que ese canto en realidad fue una advertencia.

31-11-2001
23:59
La noche del incendio me quedé encerrada en mi pieza, con la esperanza de salir de nuevo por la ventana en silencio. Él fue el único que entró a mi pieza. Mi papá. Pero esa madrugada salió desde detrás de un árbol en pleno bosque, me sorprendió, me agarró del pelo y cerró la puerta de mi pieza con doble llave. Me dijo que todo empezó la noche en que lo despertó un ruido insólito, el canto ronco, largo y aflautado de un pájaro que él nunca pudo ver, aunque estuvo seguro que vino desde mi pieza con el crepitar.

Cada vez que me dejó encerrada, adolorida, miré el espejo de la pared y me di cuenta de que ahí, en esa esquina donde yo puse alguna vez la llama de la vela, no quedó rastro alguno de fuego. Me arrastré hasta al espejo, me miré en esa esquina y en vez de la figura de mi cara vi solamente una imagen que se grabó ahí, la imagen de otra mujer con otro nombre, la mano en la misma posición cada una de esas noches, en el momento que sostuve la llama muy cerca del espejo. Y sobre esa mano no se reflejó una palmatoria con una vela, sino un pajarito blanco recién emplumado acurrucándose por el frío, a pesar de que todo alrededor se quemó.